U0622668

專屬天使在身邊

天秤座的人外冷内热，尽力善待他人，渴望得到认可，却忽视了自己的感受。她们看起来光芒耀眼，内心却疲惫寂寞。

程　琳 著

作家出版社

目　录
contents

卷一　暖暖的一夏

在那个古老的夏日里，

在那个梦幻的国度里，

我与你不期而遇，

从来没想过道理，

就如同遇见了命中注定的恋人一般。

害怕失去，

却也害怕太过接近。

——夏暖的博客《暖暖的一夏》

第一章

高三前的暑假，对于学生来说几乎缩水成了寒假。堆了满屋的作业和复习资料，除了被学校克扣去的集体补课的时间，其他的日程也统统被家教和补习班给排了个满，像大明星似的挤都挤不出时间来。而家长，就像是他们的经纪人，而且是最称职敬业，也最孜孜不倦，乐此不疲的。辞不掉，也躲不了。

但这就是所有参加高考学生的人生，必须接受的现实。

按照往常的话，夏暖这个学霸的成绩始终名列前茅，遥遥领先，是从不需要另外参加校外补习的，但今年就不大乐观了。

把手中不算太好，甚至可以说有些差的成绩单放到茶几上，夏暖再次审视了班级排名那栏上"第十五名"这四个字，忍不住在心中叹息了一声。哎，班级都整整退了十五名，更别说年级了，没被甩出五十名都是侥幸的。

一个女人走了过来，拿起成绩单来看，越看眉头皱得越紧，她就是一直以夏暖为骄傲的老妈，但看来这回单子上的数字实在是对不起她了。

"怎么会考成这样？"她坐到沙发上开始发问，语气听来倒也不算太激动。

只是沉默，无话可说，谁叫她考试的时候还想着怎么升级呢？这理由还真够滑稽的。

她又接着说："我也不想单看一次的成绩，把你这学期的其他考卷给我看看吧。"

"不用看了，比这还差。"得，夏暖直接招了，然后等待炮轰。

"什么！你看看你，从第一名到十五名，滑滑梯也没有这么快吧！我真是不该往你书房装电脑，还上网，瞧瞧，上成什么样了。"老妈的比喻让夏暖实在是忍俊不禁，"你还笑，看你高考的时候还笑不笑得出来！从今天开始，我会叫司辰来帮你补课，除了周日以外，不准上网。"完了，下了禁网令了。

"那就这样吧。"夏暖尽量表现得无所谓，心里却早就开始盘算怎么"破除"禁网令了。说完，夏暖就直接又进了书房，顺便把门给带上了。

这个关门的习惯是从什么时候养成的呢？夏暖也记得不真切了。以前，夏暖从来不曾想过拥有所谓的私人空间，天真地以为无论是什么都可以和家人分享。

只是现在，一切都不同了。她不是想要藏起什么，只是不喜欢把所有东西，都暴露在众人眼前，接受他们从头到尾的透视。

即使只是片透明的玻璃，都有可能因为一些阳光照射的角度问题，而折射出不同以往的光芒。而那个时候，人们会围绕它开始非议，却全然忘记，不论如何它都只是玻璃，变不成钻石。

以前她那自称精通各个星座特型的闺蜜苏莞似乎就断言过，身为天秤座的夏暖早晚要踏上"若为自由故，两者皆可抛"的道路。

现在看来苏莞还真说准了，夏暖现在就是想要自由，想要私人空间，不想处处受监督，受限制。

夏暖芳龄十八，就读于慧英中学，马上就要念高三了，正值所谓的花季之中，却日日被疯狂的填鸭式学习摧残。在没有接触网络之前，她的成绩都是无悬念的第一。迷恋网游以后，夏暖的成绩就开始在前五名上下徘徊，迷恋到了痴的程度，就像现在，成绩就彻底跌出了前十名。

也无怪夏暖的老妈无法接受，大概是她以前优秀过了头，其实她接触网游也不过就是在高二下学期刚开学那会儿，按她的话说，她只是和游戏的亲密度发展得稍微有点快而已。

哎，网游要人命，谁说不是呢？

"喂，苏莞，你现在在哪？"正自感叹，她打电话给自己的闺中密友，这次期末考试的探花——苏莞同学。

"哦，那个我在……"她支支吾吾的。

夏暖一听就不耐烦了："得，我知道了。又和你那个王律衰哥在一起吧。"

苏莞从小学开始就一直爱慕王律，只因为王律帮她捡了一次作业本，可惜人家王律自己对这件苏莞念念不忘的事情却一点印象都没有。于是她就不得不从小学，再到初中一路追到高中，天天试图制造巧遇的机会，绞尽脑汁去写那些她曾经最鄙视的所谓情书，可谓是穷追不舍，志在必得。

"那就这样吧，一会儿再打给你哦。再见！"好像怕夏暖反对，她直接先给挂了。

这可真是个爱情至上的年代啊！夏暖感慨着。

在心里一边腹诽着苏莞见色忘友，一边把暑假的作业拿出来做。真不是一般的多，基本上一天写掉她一支水笔已经成为常事了，好在，她家的笔芯是很便宜地按筒买回来的。

发成绩单那天，各科的科代表把作业写满了整个黑板的时候，那场面的轰动效应一点不比美国竞选总统的差。当时班上最会讲笑话的人看了就说："嘿，我知道作业为什么这么多，因为那老师昨天刚离婚的。"

夏暖被这冷笑话逗到笑得简直不成人样了。如果真是这样，那这些高中老师恐怕已经离婚再婚无数次了吧。

客厅外面传来丁零哐啷的声音，老妈大嗓门地嚷着："夏暖，我出去下，午饭你就自己解决了。还有，一会儿司辰会来帮你补课，你好好招待人家。"

"知道了——"夏暖高声一回答，门就砰地一下关上了。

其实，她根本就不需要补课，知识全会，技巧也都掌握了，无非是考试的时候心系游戏，没有特别在意。不管对谁，夏暖都会这么说。

"当当。"十分钟左右，传来了敲门声。左司辰和夏暖住在同一个小区，走动起来很是方便，不过一栋楼的距离而已。

夏暖情绪并不高，开了门请他进来，淡淡地说："你来啦。进来书房吧。"

左司辰倒也不在乎她的冷淡，拿了一套卷子啪地按在夏暖书桌上，直截了当道："你还是先做一份卷子吧。我也好知道你哪里不足。"

"好吧。"夏暖有气无力道。好在现在游戏瘾没发作，终于可以证明自己的实力。要知道天秤座的人还是相当优秀的，只要认真起来，就能做得更好！

这么一想，夏暖心里突然莫名地兴奋起来，思维顿时敏捷，笔下速度也快了许多。不管怎么说，该争气的时候还是要争一争的。

而左司辰则是随便从书架抽了一本书出来，坐在一边看了起来，房间一下子安静到只能听见时钟的秒针嘀嗒走动的声音。

"看看吧。"夏暖一副胸有成竹的样子，将试卷推到左司辰面前，得意的就差跷起二郎腿了。

左司辰可是相当的认真，仔细的开始批改卷子了。十五分钟后，他突然用复杂的眼光看着夏暖，问道："你这成绩在年级至少可以在前十名以内了，怎么会考成这样？"

她想，这话要是让她老妈听见该多好啊！

夏暖翻了个白眼，不屑道："都跟你说了，是想起游戏分心了。不然你以为我真为了小小的网游把学业荒废了。"

左司辰却又摇头，一脸苦恼道："那也不是办法。如果你高考的时候也像这次一样想起游戏，怎么办？"

夏暖的心情一下降到了冰点："那你说怎么办？真搞不懂，为什么每个人都是高考，高考，高考有什么了不起啊！"真是哪壶不开提哪壶。

"我知道你有能力，只是这是必须过的一关，每个人都一样。"他居然开始苦口婆心地讲起道理来。

夏暖一看他那样子就来气，真不知他那大人样是什么时候装出来的，还是天然形成的只不过小时候没表现出来而已。她分明记得，左司辰小时候是出了名地淘气，隔三差五就要被阿姨骂一顿，才肯收敛几天的。难道是她的记忆出现错乱了？他从小就是这一副说教的样子？

"你可以走了。"夏暖下了逐客令。她对任何人从来都迁就对方心情，很少这样，或许是因为她太了解左司辰吧。

但是他没动。

"你觉得我还有必要接受你的补课吗？"夏暖硬了心肠。

"我成绩没你好，你教我可能靠谱些。"左司辰苦笑着摊摊手。

"既然这样，就请你出去吧，好吗？求你了，我想一个人静一静。拜托！"夏暖尽量让语气诚恳，避免伤害他。他深深地看了夏暖一眼，然后走出了房间。

没有心思去研究他的眼神里都包含了什么，也不敢想，只是立即去开了电脑上网。

手指在键盘上飞舞着，不知疲倦，电脑屏幕上显示出一行行的文字后，点击了提交。博客是和网游一起进入夏暖的生命的，对于她来说，这是一种最好的发泄和倾诉。

在网络上，没有人知道她是谁，大家都是彼此的过客，看着别人的经历，然后再为自己而难过，不在乎所分享的是多么隐秘的想法和伤痛。因为当人们关掉了这个网页，再打开另一个网页时，那些之前的文字就仅仅只能代表它们自己而已了。

她想，网络对于她这种天秤女来说真的是一个好东西，如果没有它，她心底的那些垃圾就永远都倒不出去，只能烂在自己心里最阴暗的地方了。

夏暖在博客上的网名和游戏中的一样，叫做暖暖的一夏。她很喜欢这个名字，包含了自己的名字，也代表着夏暖的期待，期待在那样一个夏日，发生一段温暖心人的故事。

打开博客的首页，一首歌开始播放，那是 S.H.E 的《候鸟》，一首算得上老的歌了。夏暖也不知道为什么，当初只是单纯地喜欢听它的旋律，就把它放到了博客。现在看来，它的歌词更能打动夏暖，至少夏暖为之流泪了。

尽管，夏暖向来是个不屑于流眼泪，也不容易流泪的倔强女孩。

　　出海口已经不远我丢着空瓶许愿／海与天连成一线在沙洲对你埋怨／芦苇花白茫一片爱过你短暂停留的容颜／南方的冬天／我的心却无法事过境迁／你觅食爱情的那一张脸

　　过境说的永远随着涨潮不见／变成我记忆里的明信片／你的爱飞很远像候鸟看不见／在湿地的水面那伤心乱成一片／你的爱飞很远像候鸟季节变迁／我含泪面向着北边

　　……

在更多的时候，夏暖总是充当着一个优秀的倾听者，默默为身边的人分担各种负面的情绪，给她们提供自己的建议，给她们情感上的安慰。可久而久之，她发现自己倾听者的角色成为了自己所能扮演的唯一角色，她总是错过了向他人倾诉的机会，直到他人把她偶尔也会有的倾诉忽略……有时候她看天秤女的一些性格解析，觉得上面说得很对，她的缺点就是太渴望得到别人的认可，反而忽视了自己的感受……

候鸟可以总是不知疲倦地迁徙，没有挂念。可夏暖是人，会有累的时候，希望有一个人能够成为她的避风港，只是静静地听听她的心思也好，就能让她得到短暂的休息。也许，平时繁忙的功课让夏暖暂时淡去了她心中的影子，但现在，他又是那样明显地出现在脑海，挥之不去。

一曲歌尽，破例的，夏暖没有开游戏，而是直接关掉了电脑。看了下钟，做考卷花了将近三个多小时，一晃眼也已经到午饭时间了。

"走，请你吃饭去。"不知道为什么，夏暖就是认定左司辰并没有离开。果然，这家伙还老实地在客厅里坐着呢。

他见夏暖出来，对她露出傻傻的笑来，仿佛刚才一切都没有发生过的样子，她没有说那些伤人的话，他也没有被她轰出书房。

这就是左司辰的好，不论夏暖对他再怎么不公平，他都不会生气，也不往心里去。这也正是她放纵自己对他发火的原因，只因为他肯包容她。

其实，左司辰从头到尾都没有说错，只是他恰巧在她的心情最不好的时候说了那样一番话而已。那么错的是谁呢？她也说不清楚。

左司辰也不推辞，点头，然后和夏暖一起出了门。

夏暖和左司辰坐在一个角落里，透过玻璃可以看到外面来来往往的熙攘人群。夏暖喜欢这个位置，从行色匆匆的人们中对照出自己的静止，是件极为惬意的事情。

　　餐厅里播着陶喆的《寂寞的季节》：风吹落最后一片叶／我的心也飘着雪／爱只能往回忆里堆叠／给下个季节／忽然间树梢冒花蕊／我怎么会都没有感觉……我了解那些爱过的人／心是如何慢慢在凋谢／多想要向过去告别／当季节不停更迭／却永远少一点坚决／在这寂寞的季节／又走过风吹的冷冽／最后一盏灯熄灭／从回忆我慢慢穿越／在这寂寞的季节／还是寂寞的季节／一样寂寞的季节

她听着这连声音都开着寂寞花朵的歌，心情慢慢沉静下来，眼神迷离，看着窗外穿梭不止的人群，他们大概是用忙碌淹没了他们的寂寞。而她还年少，或许还不曾真正尝到过寂寞的滋味，又或许那些尚不自知的寂寞在不经意间被太过表面的说笑掩盖住，连自己都回忆不起来它最真实的样子了。

究竟要等到什么时候，才能不是一个人呢？

左司辰怎么会没看出她的出神，有些担忧，只能用一阵狼吞虎咽，风卷残云来吸引她的注意力，将她带出深思。只见不一会儿，桌面上原来带肉的就都成了光溜溜的骨头了，只剩下夏暖面前的，少得可怜的一份鸡翅和汉堡包。

左司辰用纸巾抹了抹嘴，看了一眼把眼睛瞪得比灯笼都大的夏暖，才憨憨地说了句："我饿坏了，刚刚。"

"你这小子是不是想报仇啊？"夏暖紧跟着说，手已经在桌底下慢慢握紧，就等着他说出欠扁的话了。

"你说呢？"他调皮地对夏暖眨眼。

"去死啊！"果然，夏暖一个拳头制服了他。

左司辰急忙讨饶，可笑的样子让夏暖心情大好，似乎又找回了以前那种自在随性。

其实他们从小就是这样打闹的，通常都是夏暖追着左司辰打，然后苏莞在一旁为她加油，也总是会在左司辰的求饶声中告终。只是随着年龄的增长，这种机会似乎越来越少了。

毕竟，都不是那时天真无邪，只知嬉闹度日的孩子了。快乐和其他什么的都在随着时间流逝，只有愁虑和烦恼是会与日俱增的。

"你要不要再去点些东西？"看着所剩无几的食物，左司辰突然问。

夏暖摇头，拒绝道："不了，我最近不知道怎么回事，估计是放假，生活习惯有点改变了，适应不过来，消化有点不好，还是少吃点也好。"

左司辰一听急忙道："你也别太亏待自己的身体了。"

"得了吧。"夏暖却白了他一眼，"你以为我是你吗？我是前段时间吃多了而已。"

左司辰颇为认真地说："哦，那油腻的东西，记得少吃。"

"嗯。"面对他的关心，夏暖有点不知应对。她会毫不犹豫地去关怀别人，但从来就不习惯于接受他人的关心，只能不冷不热地应一声，或许她就是这么别扭的一个人。

吃完饭，左司辰一直将她送到家门口，夏暖犹豫再三终于开口："你能不能帮我和我妈说一下，至少别不让我上网。"

"我就知道你要说这个。放心吧，我帮你搞定。"左司辰竟然十分爽快地拍着胸脯和她保证。这家伙也不知那根筋搭错了，一会儿一个样儿，刚刚还当老夫子说教呢，现在怎么又这么仗义起来了？

"多谢了，够义气！"夏暖抬高手拍了拍他的肩膀，还很费力，因为他长了个足有一米八的大个子，而她，勉勉强强凑到一米六三。

"我在你心里就只是义气而已吗？"他突然问得莫名其妙。

"你胡说什么?！"夏暖小声呵斥他，使劲瞪了他一眼，迅速进了家门，跟逃命似的，紧接着关上门，却没机会留意到左司辰眼底滑过的失落和苦涩。

甩甩头，左司辰拿起手机，接通了苏莞的电话，语调重新轻快起来："喂，小莞，方便见面吗？"

"啊，这样啊，我正在去 KFC 的路上，不过我没带够钱，既然你自己撞到枪口上，就不怪本姑娘要宰你了！"苏莞十分理直气壮，"对了，你记得多带点钱，本姑娘食量可是惊人的——"

左司辰不禁失笑，又有些头疼，他才刚从 KFC 回来，却还要再去一趟："好吧，你放心，我会带够钱给你宰的。"他宰了夏暖，还会有人来宰他，果然，便宜都不是白占的，出来混早晚是要还的。

"太好啦！那一会儿见。"话筒那头的苏莞兴奋地叫着，随后挂了电话。

左司辰习惯性地看表，又去了公车站，还好 KFC 离他家不算太远，两站就到了。

一进 KFC 的门，就听见了苏莞的召唤："嗨！我在这！"她正准备点餐了呢。

"你真行，身上没带钱，我又没到，你也敢在这排队。万一我晚些呢？你打算吃霸王餐吗？"左司辰一边数落她，一边老实地掏出钱，交到她手里。

苏莞暂时忽视了他，很熟练地报出一大串食物的名称，再用左司辰递过来的钱付了账。她这一刻还真觉得左司辰活像个提款机。

"呵呵。你这不没晚嘛！"苏莞见东西上齐了，就端起盘子，打着哈哈，环视了下道，"走，我们去那边坐吧。"

苏莞和夏暖选择的位置可以成为鲜明的对比，她选得是餐厅正中央的位置，被其他餐桌环绕。

自己吃得高兴的苏莞，也没忘了她的"衣食父母"左司辰，腾出手拿了个鸡翅伸到他面前，问他："嗯嗯，真好吃。你要来点不？"

"不了，我刚吃过了。"左司辰摇摇头，开始考虑要不要等她都吃完再开口。

"说吧，你有什么要问的？"苏莞又吃了一会儿，就把主食都解决掉了，就剩下了一包薯条，于是拈起一根薯条悠然问道。

"你怎么知道？"左司辰惊讶地问，几时苏莞变得这般聪明？

苏莞却不以为意，继续把薯条一根根地往嘴里送："哼哼，拿人手短，吃人嘴软，这道理我还是知道的。趁现在快点问吧。一会儿我可不敢保证还肯不肯告诉你什么了。"

"你知不知道，夏暖她最近在玩什么游戏？"左司辰一听，干脆开门见山。

苏莞正在喝可乐，被他突然的发问给呛着了："咳！咳！你说什么？你问这个干吗？"

"我也想看看是什么样的游戏能让她那么着迷啊！"左司辰有点心虚，偏过头，"她这次成绩掉了好多不是？"

苏莞眯起眼，上上下下地打量了他好一会儿，才缓缓道："我说你的心真是长偏了不成？"

"什么意思？"左司辰完全跟不上她跳跃的思想。

"你和我在一起的时候，谈暖的事。你和暖在一起的时候就不用说了。然后，我们三个人在一起的时候，一半对一半。"苏莞咬着薯条，一脸认真，"这样算来，你谈起暖的时间比我多了两倍半啊。还好我心里只有律，不然我是会吃醋的。"

"小莞……"左司辰无奈。

苏莞也不再多逗他，毕竟还吃着人家的东西呢。"好啦。我告诉你就是了，我只是说着玩的。她最近好像在玩一个叫作'梦幻国度'的游戏，才刚玩不久。"

"哦，这样啊。"左司辰摸摸下巴，已经开始预想他的计划了。

苏莞见他如此沉思，一阵头皮发麻，突然有些觉得对不起夏暖，怎么感觉左司辰好像在算计什么似的。可是已经把消息卖了，后悔也来不及了，只能想着找个机会和暖坦白了。为了一顿KFC就把最好的姐妹给卖了，好像不太地道啊！

第二章

第二天，夏暖又可以重新光明正大地坐在电脑前，在游戏里潇洒地打着怪了。

这可多亏了左司辰，也不清楚他和她妈说了什么，竟然就轻松解了网禁。这也不禁让夏暖感到不舒服，妈妈宁可相信一个可以算得上外人的左司辰的话，也不相信自己当初的话。

想着想着，脑子里就联想到了左司辰那天走时间的问题。她很想说服自己是自己想歪了，可他的话和语气分明就是有一些微妙，如果这么明显了她都听不出来，那就真是太迟钝了。尽管，她始终把自己装得很迟钝。

夏暖与左司辰自小就认识，他是她的邻居，从小就玩在一起，要说起来还真算是有缘了。记得他小时候很贪玩的，整日的调皮，恶作剧，但后来不知怎么又开窍了，一努力，考上了一个好初中，再一努力，又考上了一个好高中，恰恰又都和她同校。

夏暖不知道这代表着什么，但她清楚自己不是苏莞，没有办法像她一样不计所有地去追逐爱情。

　　她一直都很忌讳爱情这种感情，怕它会领导理智，这是她不允许的。夏暖的潜意识里虽然期待有一个能依靠的人，但也仅仅只是依靠而已，没有更多。

　　所以，夏暖无法接受左司辰，至少不会是现在。现在还不是最正确的时候，为了他好，也为了她自己。

　　出神了太久，这才发现自己被一堆怪给包围了，水泄不通，只能硬杀出去。这个网游是夏暖最近新发现的，盛大的，叫作"梦幻国度"。她很喜欢这个游戏的名字，游戏中的环境和人物也名副其实，浪漫而又美好。

　　她现在等级有十七级了，此刻正超前地在东芝麻一层打二十多级左右的怪，比较费血，但这里能经验值高，升级快。

　　可眼看就要吃不消了。

　　杀红眼了，居然还是杀不出一条血路，怪物一重又一重的，倒下一个，上来两个，而且把所有的攻击都对准了夏暖，连系统自动补血都快来不及了。夏暖开始飞快地思索着究竟应该束手就擒，重新再来，还是不惜用光所有补血的道具也要冲出去呢？这种关键时刻，天秤座优柔寡断的特型居然占据了上风，她一时无法抉择。

　　这时有一个人找她私聊，是那种很恶俗地搭讪，他问夏暖，"你叫什么名字？"

　　夏暖不吃这套，也见多了这种人，故而也不马上回话。

　　"是叫夏暖吧。"他不死心地又发过来。

　　"你怎么知道？"她问他，彻底不管游戏里的那个夏暖了，大不了死一次，也没损失。

　　"我对网名还是有一点研究的。"他说。

　　"算你厉害喽。"夏暖说。心里却暗自琢磨，真有这么神吗？

"不过你的名字很特别，很好听。"他开始拍马屁了。

"能救救我不？我快被怪给挤成肉饼了。"夏暖这是存心刁难他，料他也不知道她在哪儿，怎么救？

出乎意料，有人使用了"哈雷彗星"，把怪物给打散开了不少，很多怪都改变了攻击对象，让夏暖腾出了空间，不停地使用"雪牙"，杀了许多怪。

她一直很喜欢"哈雷彗星"这个技能，只因为这个技能看起来像流星雨，一颗颗陨落的流量，拖着长长的星光，如无数道银芒划破夜空，没有比这种情形更加美丽的了。

血战之后，她终于看清了她的"救命恩人"，正是那个找自己搭讪的人，他的网名叫 Exclusive Angel。

"都解决了！组个 team 可以吗？"他没有过多的居功，友善地向夏暖发出了邀请。

夏暖欣然接受了，能提高经验值，谁不愿意呢？不过他的这一做法倒是让夏暖产生了几分好感。

"告诉你哦，我可是一向独来独往的。"夏暖说。

"那么我真是倍感荣幸。"看得出，他是个很会说话的人，至少夏暖在大部分情况下是吃这套的。

"行了，废话少说，我以后就跟你了。明天要是升不到二十二级，我 K 你！"夏暖撂下狠话。看了下他的等级，竟然已经四十二级了，带自己应该不费力。

"你跟我啦？"他发过来一个害羞的表情。

"思想不良。快去工作！"回敬了个呕吐状。

"得令！"说着他就开始大打出手，各种夏暖没见过的技能一一被他用上，弄得她眼花缭乱。而且他一边打，一边居然还为自己这个菜鸟着想，用打字为她介绍这些技能的名称。夏暖不禁有了小小的感动。

"挺厉害的！"对他竖了个大拇指，"技能够多的。"

"那当然，我可是大地之灵幻。"他照单全收，还不忘夸自己。

"你这不刺激我嘛！我才晶之初使，最底级别！"夏暖很不爽。

"放心，有我在。保证你的升级速度就如同飞毛腿一样快。"他说完就不说话了，开始疯狂打怪，夏暖的经验值，嗖嗖往上涨，果然是飞快。

"开饭了！"该吃晚饭了。

"今天就先到这吧。"夏暖发给他说。

"这么快？"他发了个不舍的表情。

"嫌快？没问题。这样吧，我把号给你，你帮我练，明天就要看到我的号二十二级了。我午后会上线查收哦！"夏暖并不指望他会答应，她甚至也没想过下次上线还会有任何碰面的机会。

本来是用来堵他，却没想到他一口答应了，于是只好把密码给了他，很奇怪，夏暖就是觉得他不会盗自己的号，而且会把答应的事办成。

跟他告别完，夏暖就把游戏关了，但没下网，只是把屏幕和音响按掉后就出去吃饭了。

第三章

"在上网？"夏暖爸爸问的。因为是假期，要见到他也只有在他下班的时候。

夏暖点点头，没说话。网上的事情，她不愿意拿到饭桌上来说。

"玩游戏？"他接着问。

还是点头。继续沉默。

"玩玩游戏也不错啊！可以锻炼头脑，放松心情。"他突然说。

"啊，是啊。"真没想到他会这样说，夏暖急急应了声。

"也别太累了，身体最重要了。"她妈妈也插进来说话。

"是。"夏暖还是这样应着，心中却别有滋味……

"你们放心，我自己有分寸，我会把高考考好的！"直到吃完饭的时候，她才起身说道。她也想通了，就像左司辰说的那样，每个人都必须过这一关，她自然也不能例外。若能过得好，那她也算是守得云开见月明了。更何况，她心里也明白，高考其实是相当公平的存在，作为天秤座的她是重视且热爱公平之事的！

"哎呀，我就知道咱们的女儿最懂事了！"

谁知他们感动得有点热泪盈眶的阵势，真是难办。夏暖暗自抚额，说实话，她很不擅长应对这种场面。她对眼泪这种东西很感冒，特别是自己在乎的人的眼泪。

"那个，我先回房了。"说完，夏暖就回了书房，但这一次，没有关门。因为她知道，不管现在做什么，他们都不会再有什么担忧了，她向来是个说到做到的孩子，自然这次也不例外。

看了会儿书，觉得累了，去客厅倒了杯水后，就回卧室去了。

沾枕就着，一夜无梦。

第二天，神清气爽。

万里无云的好天气，不出门实在是太可惜了，游戏世界毕竟替代不了现实生活的需求。

"喂，苏莞，是我。今天去逛街不？"夏暖吃完饭打了电话邀请苏莞一起出门玩。

"啊！我刚好也想出去，老待在家里对着作业和书本都快发霉了。"她在电话那头很兴奋道。

夏暖却不放过她，趁机调侃道："发霉？你不是有你的律陪着嘛！"

这个苏莞总在夏暖面前吹嘘，说那个王律和《宫》中的律王子一样的帅气。但夏暖从来不排除情人眼里出西施的嫌疑。

"呵呵，他今天也一起去。"她还有点不好意思呢。

"啊？那我不成电灯泡了？"夏暖急忙说，"那你们还是自己去吧，我排队，等明天或者后天什么的。"

她还恬不知耻道："没关系啦。有电灯泡才能体现出我和律有多么恩爱啊！你就跟我们一起去吧？而且男生都不喜欢逛街，无趣。"

"我快吐了。"夏暖实在对她那娇哆哆的声音作呕，特别是那最后的颤声，简直让人毛骨悚然，"再说，我也没你那么爱逛街啊！"夏暖始终认为逛街是一件可有可无的事情，可以用来打发时间，但是却并不太热衷。

"不说那么多了。你见到他就知道他有多么迷人了！一会儿在公车站见。"她咯咯笑着把电话给挂了。

夏暖也不管她的神经质，打开衣橱，看看有什么穿得出去的衣服。要说这学生当久了就是这样，说起衣服就只知道穿校服。

挑了半天，夏暖找了条纯白色的吊带长裙，淑女模样。也许是心情特好的缘故吧，否则她是绝不穿裙子的。

再提上夏暖的粉红色的小包包，把长发一扎，往镜子前面一站，俨然一个青春美少女，于是自恋地欣赏了一会儿才舍得出门。

"左司辰，早上好！"出门就碰到了左司辰，不过他看起来好像精神不佳，熊猫眼再明显不过了。

"哦，夏暖啊！出去吗？"他看到夏暖后眼中闪过一丝惊艳，既不显突兀，又满足了她小小的虚荣心。

夏暖微笑点头道："是呀！约了苏莞在公车站，一起去逛街。"

"那我送你一程吧，顺路。"他说完就走到夏暖身边了。夏暖也大方的没拒绝，继续往前走，只是问："你昨晚好像没休息好？"

"就是熬夜了。"他轻描淡写地说。

"没必要这么拼命吧。"她对他的学习做法不敢苟同。

"我可是拼命三郎！"他做出一个武士的样子，挥舞着剑。

夏暖忍俊不禁，但还是说："适当娱乐嘛。"

"你不会以为我昨晚都在学习吧？"他很惊讶。

"难道不是吗？那你还能在干什么？别告诉我你在上网或者玩游戏什么的，我很难相信。"她笑眯眯地双手环抱，好整以暇地看着他。她实在想象不出他会通宵娱乐，自从他开窍以后，好像确实是每天都很用功。

他也不再说什么，不置可否地笑了笑。

"夏暖，我们在这！"快到公车站的时候，夏暖听到了苏莞的声音，赶忙走过去，左司辰也亦步亦趋地跟着。

"哇！原来你还带了男伴啊！"苏莞惊呼，"这样我们刚好凑成两对了！"

夏暖还来不及解释，左司辰先开口了："我刚好遇到她，也要来车站，所以一起走了。"

苏莞这丫头还不死心，目光在夏暖和左司辰之间扫过来、扫过去，最后摇摇头，语气颇为遗憾："你们的样子确实不像情侣。手也没牵，肩也没揽。"

"你胡说什么！你和你的律才是吧。"夏暖赶紧转移话题。

苏莞还算识趣，接了招道："律，这个是我的好友夏暖。夏暖，这就是律，怎样，还不错吧？"说完还向夏暖示威性地挑眉，一脸得意。

夏暖这时才看到站在她身后的那个男生，高挑的个子，不算健壮，和左司辰一样属于偏清瘦的身材，脸蛋很干净，果然像律一样带着孩子气，眼神清澈，居然还衬得左司辰显得沉稳起来。不过要说迷人，至少没有迷倒她。

"你好，很高兴认识你。以后叫我律就好了。"他礼貌地伸手。

"你好。"夏暖笑着与他握手。

"啊，我们的车来了！"苏莞叫了声，说着拉起夏暖的手，准备往车上冲。夏暖赶忙回头看了左司辰一眼。

"我不是这辆，你们先走吧。玩得开心。"他笑着说。

"谢谢！"苏莞的话音还没落，三人就已经上了公车了。

车子上的位子很空，苏莞破天荒地没有坐在律旁边，而是跑到夏暖的座位旁。夏暖偷偷瞄了眼，发现王律是个好脾气，完全不介意。

"喂，我告诉你哦。"她很神秘地和夏暖咬耳朵，"我刚刚看到左司辰一看我们走了，就往他家那边走。我看啊，他根本就没行程安排，专门送你的。嘿嘿，没想到他居然这么体贴，有当护花使者的爱好。"苏莞明显话里有话。

心下一惊，夏暖勉强开玩笑："说不定人家有早晨散步的习惯呢。"

"得了吧！你当现在多早啊，早晨散步也没有这么个时候吧。"她毫不留情地拆穿夏暖。

夏暖不死心，看了下手表，十点，上不着天，下不着地的时间，确实没理由。

无言以对的夏暖没了表情，她并不是摆脸色给苏莞看，只是确实没心情说笑，夏暖终究不是苏莞，而左司辰，估计也不会是律。童话里的幸福只会降临在少数人身上，而她只会是如那些不怎么幸运的大多数那样，抱着自己平凡的命运，度过一生。

她总是这么绝对，这么悲观。

苏莞撇撇嘴，似乎还打算接着说服她，却听到后座传来女孩甜美的声音："请问，我可以坐这里吗？"那个女孩身材高挑，指着王律旁边空着的座位。

王律闻言，往她们这边快速地扫了一眼，正含笑着准备开口时，苏莞倒是先耐不住气，也顾不得车不稳，从座位上弹起来，挡到那个女孩面前，大声道："不行！"

"为什么不行？这儿明明空着啊！"女孩蹙眉，"何况我问的是他，又不是你。你回答什么？"

"我说不行就不行！我是他女朋友，只能我坐他旁边！而且，你分明是居心不良，不然后面还有空位，干什么偏选这里？"苏莞理直气壮地叉着腰。

女孩也气得跺脚，微红了脸道："你胡说什么！什么叫居心不良！他脸上又没写着'本人已有女朋友'，我怎么知道？！"

两人的争执已经引来了车里人的注目。

夏暖听了不由想笑，这个女孩倒是率真有趣，她忍住笑意，刚出声要劝："莞……"

"小莞，坐下吧，车还在开呢。"王律也适时出声，将苏莞拉坐在椅子上。

夏暖看苏莞那儿有王律，就转而友善地邀请女孩和自己同坐："同学，不介意和我一起吧？"

女孩冲她一点头，感激她把自己从尴尬中解救出来，在夏暖身边坐下，注意到其他人不再注意这边，才轻声道："怎么会？谢谢你。不过，你怎么知道我是学生？"

"呵呵。这个时候会提着装书的袋子的人，基本上只有去参加课外补习的学生了。"夏暖轻笑着。

女孩低头看看手中的袋子，好像确实能看出来是装着书的呢。"你真厉害！而且，你比她好多了。"说完，还不服气地向后瞪了一眼，正好看到苏莞这时也正挽着王律的手，耀武扬威地对她挑眉，不由得怒形于色。

"其实，她只是冲动了些。"夏暖淡然一笑，眼眸看向窗外，像是笼着一层薄雾，怎么都看不清里面的情绪，"她也只是很坚决地想守护她的爱情。其实……这样也挺好的。她很勇敢。"随心所欲地生活，是她一直以来最羡慕，却又永远不可能做到的。

那女孩不知道该怎么接话，就沉默了。

直到夏暖要下车了，她才对着夏暖的背影喊了句："再见！今天谢谢你！"

夏暖闻言，微微停步，侧首，却正好能让女孩看到她唇边的友好笑容。

女孩呆呆地看着她走远，然后公车继续启动向前开，她用手指无意识地绞着头发，觉得这个女孩真的很特别，安静完美得那样不真实。这么温柔娴静，看起来人缘也不错……不知道这个女孩是不是天秤座的呢？她兀自猜想着。

这边苏莞的神经十分大条，早就忘了刚才的小插曲，拉着夏暖和王律两人疯狂扫荡每一条街，于是时间就在三人转战于各家店铺之间的时候匆匆流过，转眼就到了午饭时间。

"你穿着蓝色的裙子一定会很好看的。"苏莞在吃饭的时候又一次强调道，"人家都说天秤座的人很有气质，属于优雅迷人派的，和蓝色真的很搭！"

身处必胜客，一干人很显悠闲，律把苏莞除了嘴以外的活都包办了，比萨饼是切成一小块一小块然后送到她嘴边。

"行了，我知道了。王律，你倒是让她自己来啊！忙点好，免得吵我。"夏暖瞪了眼苏莞，口气很不耐烦，她吵得自己都没心思吃东西了。

"呜，你怎么能这样？人家是真心赞美你的。"她作势要哭，眼泪拼命挤。这不，护花使者一看就急眼了："你，别啊！纸巾。"

"好啦，你别让人家笑话，好不好？王律，你放心，她不是真哭，我见惯了！"夏暖纯粹倚老卖老的口气。

"嘿嘿，果然瞒不过你。不过你下次出来穿蓝色的裙子，好不好？"果然这孩子一下就改哭为笑，变脸王再世，"好不好嘛？"

"好！好！好！快吃吧。"夏暖催促道，其实是在敷衍，因为她的裙子少得可怜，也没有蓝色的。

"你有事？"不料律竟问了句。

"啊，没有，就是有个约。"夏暖没想到他会看出来，也不想把网上的事说出来。其实她也不知道怎么了，突然想起 Exclusive Angel 来。

"好啊你，背着我交男朋友。"苏莞开始兴师问罪，"难怪你对左司辰不闻不问的。"

"真没有啊！冤枉透了，你知道，我没那心思的。"夏暖举双手投降，解释道。

苏莞难得没追究，不过派出了侦探："好吧。律，你送送她吧，我还要去逛逛。"

"可你，自己一个人行吗？"律很不放心。

"行！行！快走吧，一会儿该迟了！"她说着就把两人推出去了。

公车来得很快，和来时不同，车厢内显得很拥挤，位子是没有了，有站脚的地方就不错了。律似乎有意护夏暖，所以跟在后面，替她挡开了上车人群不断向前拥挤的力量。

上了车，好不容易站稳，车子启动后，车里站着的人都左摇右摆，司机偏偏不知体谅，反而越开越颠簸。在夏暖就快摔到一边的时候，一双手从后面分别撑到两边的栏杆上，为她隔出了一个不大不小的空间，让她能够立足。而伸出手臂的是王律。

"谢谢。"出于礼貌，夏暖道了声谢。

王律绅士地笑了一笑，说道："你是小莞的朋友，我自然要照顾着，否则她会向我兴师问罪的。"

也许是直觉，夏暖感觉王律提到苏莞时的眼神，并不是属于恋人的那种。她被自己奇怪的想法吓了一大跳，没有再接话，两个人一时就沉默了下来。

"快到站了。"身后又响起了王律的声音，夏暖想其实他的声音和左司辰一样在男生中都不算粗，却都是很好听的那一种。

高中以来，她就有了冥想的习惯，特别是在沉默的时候，夏暖往往在出神："啊，不好意思。"

"你还回去吗？"夏暖看离到站还有点时间，就问了句。

"不了，再陪苏莞逛街我会疯掉的，我送你回家吧。"王律说起逛街时候的样子显得很头疼，男生不喜欢逛街是很正常的。对这点夏暖表示理解地默默点了点头，只等着车停稳。

第四章

一路上夏暖都没说话，她并不是不善言辞，而是缺少对着刚认识的人滔滔不绝的本事。毕竟不熟悉，总觉得没什么共同话题可谈。

"你和苏莞的感情很好啊。"王律倒是十分会找话题。

夏暖顿觉解脱，忙点头道："是啊，我和她从小学时候就认识了，而且从小学，初中到高中虽然不是同班，但都是同校。"

苏莞和左司辰都是夏暖的小学同学，经常玩在一起，三人里面，左司辰年龄大两人两个月，但成绩却是最烂。苏莞是直性子，快言快语，脾气一点就着，是最小的。而夏暖则是其中显得最老成的人，自小就比别人多想一步，冲动行事的几率更是少。所以三人中反而夏暖成了主心骨。

"其实多亏了你！"她故意卖了个关子，也是希望在到家之前延续好这个话题。

王律眼中闪过诧异，问道："和我有什么关系？"

"她可是从初一起就一直追随着你啊！如果不是你现在在这个

学校的话，我和她也就不会是高中校友了，她准是想破头也要进你的高中。你知不知道，她还为你写了好多情书呢！"其实这话里多少也有些玩笑之意，若真考到了不同的高中，就是想破头也是无用，"这不，你在五班，她却在三班，苏莞那叫一个不甘心啊！"

王律听完以后竟然没再接口，似乎陷入了矛盾中，于是夏暖和他就又陷入了沉默之中。

于是剩下的路程都在夏暖思忖自己是否说错了什么话中走完的。直到小区门口已经近在眼前了，她才说道："我家就是这儿了，谢谢你送我回来。"

"总听人家说一班的才女对待'外人'向来冷漠，今天却对着我开起玩笑来了，不知道是不是已经把我当成'自己人'了呢？"王律临走之时终于开口了，问得莫名其妙。

听不出他这话是何意，夏暖只好干笑着解释道："那都是人家胡乱说的，什么才女不才女，你别取笑我了。你是苏莞的男朋友，自然是自己人。"肯定是她讲了什么话让王律不高兴了吧？

王律听到"男朋友"这三字的时候反应似乎特别大，还挑了挑眉，微张了张嘴，但最终没再多说什么，随意地留下了一个笑容，告别道："那我先走了，再见。"

夏暖暗自松了口气，果然是多说多错，只可惜今天还错得糊里糊涂，也不知道是哪里说得过头了。

"你回来啦！"左司辰的声音在她耳边响起，着实吓了她一跳，这家伙高中以后好像总是这样神出鬼没的。

她转过身去，左司辰一身的运动装，额上还有了一层薄汗，估计是在小区里做了会儿运动了。

"他根本就没行程安排，专门送你的。"苏莞在公车上说的话又诡异地冒了出来。

"你在做运动啊。"一想到这，夏暖心中只觉别扭，想着早点脱身，"那我就不打扰你了，先回家了。"

说完，也不等他说话，夏暖就转身迈开了小步子，越走到后面越大步，但还是忍不住偷偷回头看了左司辰一眼。左司辰正低着头，汗珠从他的刘海上滴落，顺着他脸上分明的棱角流下，或许她刚刚的举动伤到他了吧。

从社区到家门口的一小段路上，左司辰的身影始终在夏暖的脑海中盘旋着，一直到打开游戏，才稍微淡忘。

意想不到的是，她在游戏中的角色竟然升到了二十三级，兴奋地施展了几项新的技能，不论是威力还是样式都比十七级的时候提高了很多。

一阵新鲜劲过去以后，夏暖及时想起了让角色升级如此之快的功臣——Exclusive Angel。

"HI！在吗？"夏暖迅速开始自动挂机打怪，然后开始私聊。

"Hello！怎样，还满意吗？"他很快就回了话。

"非常棒！超额完成任务，谢谢啦。"夏暖朝他竖了个大拇指，并且紧接着发送了个希望他成为她梦幻宝贝的邀请。

他倒没有多问什么，很爽快地就接受了。

"你还在东芝麻顶层吗？"他问。

夏暖这才发现上次自己下的时候并不在这里，而且也是第一次来，估计就是Exclusive Angel说的东顶了。还在呢，正挂机练，不过好像有点吃不消，上面怪比人多，而且级别也相差较多。

他发了个笑脸过来道："没关系，我现在就过去。"

夏暖简单地回了句话，开始手动操作。因为怪物实在太多了，单凭冰晶是不行了，于是就连发了几次雪牙和电光火石，总算是把围得水泄不通的怪物逼开了一部分。

"暖暖，我来啦！"Exclusive Angel 人还未见，倒又是先施展了哈雷彗星，引走了一半的怪。

夏暖没有介意他过于亲昵的称呼，淡淡地回了句："来得正好。"然后和他组了队。

过了一会儿，Exclusive Angel 终于出现在夏暖的可视范围之内，怪物也没有刚才那么多了，这才腾出手来，接着和她聊天。

"你怎么还是四十二级啊？"夏暖查看了他的等级，相对昨天并没有变化。

"因为如果放在晶贝场的话，你的号血太少，会吃不消，所以我只好在东芝麻洞这边组队带你了。这边的怪等级比我少了十多级，经验得的不多，所以就没那么快升级。"Exclusive Angel 回复道。

她有些于心不安："这样会不会耽误你升级啊？"

毕竟人家和她没有太深的交情，犯不着牺牲自己的宝贵时间来陪这个小号耗。

Exclusive Angel 却不以为然，"没关系，虽然我这个级别比起那些七十几级的是差了点，但是能带你这种小号就很满足啦！到了四十级以后经验要很多，我也不急，慢慢练呗。"

"你好像不太像喜欢玩游戏的那种人啊，是第一次玩吗？"夏暖惊讶于他无所谓的态度，要知道几乎每一个网游玩家最在乎的就是升级的速度了。

他反问道："为什么这么说？"

"要真是痴迷于游戏的人，是很在乎级别的。至少我一直都是这样。"夏暖笃定地说。

"真的都是为了级别吗？"他又问。

夏暖莫名地感觉他的语气里有一些不一样的东西，"不为了级别，那你为了什么呢？"是呀，为了什么呢？每一个玩游戏的人，心中都是空虚的，只想要用升级不断地盲目填满自己的思想。

"我想……我现在还有点不确定。"过了很久他才回答，而且口气犹豫，"以后有机会的话，我一定告诉你。"

夏暖心里突然有点不自在，不想再留恋于这个话题，于是道："那就先玩着，也许再过一阵你就明白你为了什么了。"

"我也是这么想的，我还想再等等看。"Exclusive Angel 继续说着意味模糊的话语。

"你是不是还在读书？"夏暖见机拉离了话题，问说。

他发了一个无奈的笑脸过来："再过一年就要面临高考的人了。"

"原来你也是啊！唉，找到一个同病相怜的人。"夏暖有点激动地打着字，"你还能上网啊？"

"我学习还过得去，还是能上的。"Exclusive Angel 发了个显得十分谦虚的表情。

夏暖接着道："话是这么说，但还是觉得有高考很不自在。"

"每个人都一样，没什么好抱怨的啦！是个坎也总要过。"他回了过去。

夏暖发现他和左司辰说的话竟然有异曲同工之妙，不由头疼："我最近老听人说教，偏巧你和那个人的口气还挺像的。"

"是吗？哈哈，那就不说了。"

总觉得 Exclusive Angel 有点不自然，但她并没有深究，配合地又转开了话题，开始谈论游戏，"等我几级的时候你才能带我去晶贝？"

"大约二十七八吧。那里面一层的怪有三十多级。"Exclusive Angel 简单解释了一下，"我也是到三十级以后才来的，如果我带你，应该可以提前几级。"

"哦，那好像还要三四天的时间吧。"夏暖粗略地计算了一下，还是觉得偏久了一些，毕竟放假的时间不多了，而距离至少练到五十级的目标却差了太多，"开学以后升级就更要慢了。"

Exclusive Angel 却说："那不一定，如果我接着帮你练，搞不好开学之前就有四十级了哦！"

夏暖这会儿却犹豫了，不好意思道："这样好吗？练级也挺累人的一件事，就算都用挂机的，一天给的挂机时间也是有限的。剩下的只能自己手动来。"

本来第一次让他帮自己练机就是个无理的要求，昨天也许实在是心情糟糕吧，否则放平常夏暖是绝对不会这样的。

"一般般啦！我精力足，交给我练没问题的。"Exclusive Angel 似乎在电脑另一边拍了胸脯。

夏暖看他这么说，倒有点盛情难却的感觉，便答应下来了。

"不过有个小请求，不知道可否赏光？"正当夏暖考虑是否要再道声谢的时候，他紧接着发了过来。

Exclusive Angel 这厮还挺会做生意的，也省去了客气话，夏暖爽快道："说吧，基本上都可以赏光。"

"你上线的时候就别都花时间练级了，一起去做任务吧。"Exclusive Angel 很快就发过来了，"就是梦幻宝贝要做的任务，增加亲密度。"

"好啊！"夏暖挺高兴地答应了下来，毕竟只练级是太枯燥了点，有这种休闲的任务做能解闷。

说定了这些以后，夏暖和 Exclusive Angel 就开始一边天南地北地乱侃，一边忙里抽空偶尔操控一下游戏，忙得不亦乐乎。

"我要下了，拜拜。"夏暖不舍道。时间总是这样匆匆流过，还没有察觉，就已经过了两个小时了。

"嗯，拜拜。"Exclusive Angel 没有多说什么，就道了别。只是当时的夏暖还不满于他的态度，但直到后来，她才发现"嗯"这个字能让自己多么安心。只可惜，当她明白过来的时候，似乎已经失去了。

关掉了游戏，发现才下午四点半多，夏暖就又打开博客来。

在《候鸟》中，夏暖开始写其中一个专辑——夏暖手记。曾经有很多网友问为什么要叫夏暖手记，估计是因为他们没猜到"夏暖"其实是个名字。所以，她就刻意将它解释为，是她希望每次写的时候心都是温暖。

她不是每天都写，但平均三五天总会写一篇上来，然后再过一两天就会看到一些回复。

夏暖一口气写下今天心中的想法。

记得她曾经做过一道测试题，问说写日记是为了思考还是记忆。那个时候夏暖无法选择，因为她既在思考也为记忆。

思考和记忆对于夏暖是精神生活中的不可缺少的一部分，包括常常发呆、冥想，也是在思考和记忆。

点了提交，夏暖就像是倾诉完毕，心中很是轻松。

断了网，关了电脑，正是五点。

夏暖决定静下心来，开始复习，以便应对一开学就到来的模拟考。

　　结果过了两个小时，一直到吃晚饭的时候，夏暖竟然都沉着心复习，即便偶尔想起游戏的事，都会想到 Exclusive　Angel 会帮她打理好一切，没什么好担心，就很快又能回到状态。

　　她感慨地想，自己真的已经好久没有这么好的状态了……

第五章

"今天怎么没听见音乐的声音啊？"老妈奇怪地问。

夏暖只要开电脑，一定会开 QQ 音乐不停地放歌。

"哦。今天没上到这么迟，五点就下了。"夏暖基本上上网都要上到吃晚饭，"去复习了，开学就有考试，怕来不及，先看一点。"

只见老妈笑得灿烂，高兴道："好，好。我就知道我的女儿有分寸。"

是啊，我一直都知道怎么安排自己的时间。夏暖心中照单全收，但面上没什么表露，继续吃饭。毕竟这大话是不能随便说的。

"是九月一日开学吧？"老爸看日子快到了，所以再来确定下。

夏暖先是点点头，又摇摇头，一脸不爽地纠正了小小的错误："是提前开学！"这学校挤压完放假前，还要剥削放假后，前前后后加起来有十多天时间。

"你开学以后又不是不能玩了，你还不是照玩不误。"老妈眯着眼睛，半开玩笑说着，显然心情极佳，"再加上平时寄宿，周末才回来，你不更自由？"

夏暖朝天花板翻了个白眼，不屑道："就宿舍里那破电脑，速度慢的可以，也就只比蜗牛争气些。而且时间一到就熄灯，没气氛。"

夏暖挺喜欢在十点以后开博客写点什么，因为黑夜比较大方，经常给她写写小诗的灵感。其实有时候她也想尝试写小说，就是懒，觉得几十万字写不下来。

"那再过两天可以收拾下东西了。"老妈想的都是这些琐碎的事情，"得把上次洗掉的行李箱弄出来装。"

"哎，周末又回来，没必要带那么多东西。"夏暖又无奈又好笑，"而且又不是第一学期那会儿不熟悉，不放心才多带一些。现在都习惯了，如果我临时需要什么，就去买一下也行嘛。"

"先停下，听天气预报吧。"沉默已久的老爸估计也是受不了，于是找了个借口打住话题。

夏暖嘿嘿一笑，别有深意地看着老妈，直到被她瞪了一眼，才赶忙接着埋头吃饭。末了，又偷偷抬眼瞥了一眼，发现她的笑容还停留在脸上。

生活就应该这样才有趣，不是吗？

又是一个美好的清晨。

夏暖在起床后的第一个感受，尽管现在已经九点，早算不得清晨了。

然后，她就开始做些生活琐事，再然后，她开始了伟大的复习计划，状态还是极佳，和昨天有的一拼。办事不能看时间，关键是效率，而夏暖就是很重视效率的人。

"HI！"一结束学习进度，夏暖马上就上网，开了游戏。为了图方便，决定沿用昨天的话来打招呼。

"Hello！"没想到 Exclusive Angel 也挺配合。

"每天都得睡到这个时候啊？"然后那厮紧接着就发问了。

夏暖发了个不好意思的笑容，"没这么迟，九点而已。"

"猪头。但勉强可以理解。"Exclusive Angel 毫不客气地做评价，但又稍微手下留情地为夏暖这一行为判了死缓。

夏暖当场翻了个白眼，长这么大还是第一次有人说自己是猪头，"我很聪明的，好不好！猪是笨的！"

"猪头也是懒的。"Exclusive Angel 一语中的，"Hello 不就多几个字母吗？懒成这样。"

被这小子看穿了。得，她算没话反驳了，自己有时候是懒得可以。

"我升到三十级了啊！"夏暖一直明白，转移话题才是王道，"照这样看来，后天开学，虽然到不了四十级，也差不多了。"

"嗯。高兴就好。"Exclusive Angel 轻描淡写地说了句，没有了下文。

夏暖的心却是莫名一暖，有多少人在乎过自己高兴与否呢？屈指可数吧。甚至在很多时候，连她自己都会刻意忽略自己的心情。

在这个繁忙的都市中，人们都在为自己的生活而麻木奔走，在他们眼中，物质是根本，而精神只是那些有钱人才会谈论的奢侈品而已。只是他们却不知道，当物质充足到一定地步的时候，精神和感情确实会成为奢侈品，成为了只能看而无法得到的奢望。据说天秤座的人永远都在追寻内心的平衡，并且很难真正得到平衡，夏暖觉得自己也正是其中一员。

"就是不是自己练的，感觉很奇怪，总觉得少了点什么。"夏暖跳过他的话，说。

不劳而获就是会这样不踏实，夏暖在心中反省。

"那去做任务吧。今天去做保护绵羊的那个？"Exclusive Angel
征求夏暖的意见。

那个任务是最难办到的，不过有挑战的，她喜欢试试："得令！
马上到！"

在那些日子里，夏暖有玩游戏也都非为练级，而是做梦幻宝贝
的任务。这种任务主要考验的就是默契了。

到夏暖关了游戏以后，她仍然在回味这个任务，比升级要有趣
得多。

于是，又在博客中习惯性地写了两句话：

有人对我说，高兴就好，壁炉一样温暖的话语。

升级或许已经不再是纯粹的目的了。

多么希望这样的温暖能陪我走过一年四季，一直，走到时间的
尽头。

卷二　我们的错过

有人和我说过，

天就要亮了，一切都会过去的。

后来呢。

后来，天亮了。

我们也真的依旧如从前。

彼此依靠，彼此温暖。

只是那段往事留下的痕迹，

使我们的掌心都空洞了。

有过错吗？

其实大都只是流年里那些来不及的错过吧。

——夏暖的博客《我们的错过》

第六章

午休时间，苏莞总会来夏暖的教室串班，今天也不例外。

"夏暖又和谁在聊天呢？"苏莞偷偷接近夏暖身后，想偷看她聊天的内容，说话还特地拉长了尾音，"暖，你最近总是神神秘秘的，拿着手机，还经常会一个人就笑起来，很反常哦"。

开学已经有一个月了，夏暖的游戏升级几乎全部托给了 Exclusive Angel，而她现在正在 Q 上聊天的对象，也是他。

她说不清楚自己对 Exclusive Angel 的感觉，好像越来越依赖他，从游戏过渡到现实生活中，每天若不和他说几句话，夏暖就总觉得心里空空的，少了点什么。她有时候甚至很无耻地想着，这会不会就叫作所谓的日思夜想呢？

"哪有！你这丫头，这是我隐私，好不好？！怎么能偷看？"夏暖迅速将手机藏起来，没让她得逞。

苏莞诡诈地一笑道："哦！原来夏暖也恋爱了啊！"

夏暖的脸红了下，连声否认道："少乱说，一般朋友而已。况且我都没见过他。"

"哈！居然还是网恋啊！好前卫！我真没想到，居然连暖也会干这种事，你不是很……"苏莞还在喋喋不休。

"走啦！去食堂吃饭去！"夏暖霍地起身，将她往教室外面拉，"我就不信吃的还堵不住你的嘴。"

结果一出门，就看到了似乎是等在外面的王律。夏暖看到他一点都不意外，因为他几乎是天天报到的。

苏莞立马重色轻友，丢了夏暖的手，投奔人家的怀抱了："律！"

"苏莞……"王律颇为无奈地叫了声，在看到夏暖后愣了一下，然后冲其点了点头。

夏暖想起他那天意思难测的话，心中有点别扭，也只是笑了笑。

"律，你发什么呆啊？"苏莞像树袋熊一样挂在他的手臂上，大声说，"我们去吃东西吧！"

"啊，夏暖也一起来吧。"

这时候才想起自己来，夏暖没好气地白了她一眼，不过还是跟在他们两人后面走着。

看着他们俩人亲密的背影，夏暖突然很羡慕，她是不是也应该找这么值得依靠的一个人了呢？

就这样一路胡思乱想着，夏暖甚至没注意到，苏莞已经自告奋勇去排队买饭，而现在就只剩夏暖和王律两人了。不知道为什么，总觉得不自在。

手机的振动让夏暖暂时摆脱了尴尬。

是 Exclusive Angel。

"午饭吃了没？胃不好，记得按时吃饭。"

夏暖抿嘴一笑，他的关心从来都是如此，淡淡的如白水一样，但却无法缺少。这一个月来，他们渐渐从游戏谈到了彼此的生活、学业，几乎无话不谈。

"在吃了。你呢？还在教室吧。"

"还是你了解我。"

"总要人催不是？现在本长官命令你立刻跑步向食堂前进！"笑着发了过去，Exclusive Angel 是个很用功的人，不多催几次，还真是赖在题海里不走。

过了一会儿，才有短信回复："报告长官，目前我已抵达食堂门口，报告完毕！"

"干得不错！"她彻底被他的回答逗笑了。

"先不聊了，你饭该凉了，吃饭吧。"他收起了玩笑话。

本想问他一个问题，但夏暖心中犹豫了一下，却已听到王律开口了："和谁聊得这么开心？"

"男朋友。"夏暖心情不错，又想起刚才苏莞的话，恶作剧道。没想到说得还挺顺口的。

或许，不只顺口，也应了心吧。

王律的脸色变了一变，想要开口说话，却被苏莞的声音给打断了："饭来喽！我点的不错吧，你们爱吃的口味！"

夏暖也未感不妥，没有解释刚才的玩笑话，直接开始吃饭。

"你猜，我刚才碰到谁了？"苏莞虽然叫夏暖猜，但她自己却忍不住紧接着下去说了，"我看到左司辰了，他在年段也是出了名的帅哥了，刚刚我还看到有两个女生主动让他排前面，花痴得不行。不过，哈哈，他让我先排了。你不知道，那两个女生有多不甘心！"

夏暖没好气地剜了她一眼："又满足你的虚荣心了？不过，左司辰会很帅吗？"她怎么一点感觉都没有。

"那是肯定的。"苏莞听了前半句嘻嘻一笑，随后摇摇头，一副你没得救的样子，"你呀，从小看他到大，现在又和他住在一个小区，低头不见抬头见的，看惯了，审美疲劳了，自然没什么感觉。人家可是年段的 NO.2 呢！"

夏暖好奇地问："那 NO.1 是谁？"

"当然是律了！"苏莞一点不脸红地吹嘘自己的男朋友，"哦，对了，你什么时候消化不好？我怎么不知道。"

"啊，哦，那是前段时间，现在好了。快吃吧！"没想到左司辰还记得啊。

苏莞也只是随口一问，很快就应了一声，最先开动了。

正吃着的时候，夏暖偶尔抬眼看过王律几次，他已经恢复正常，体贴地为苏莞递着纸巾。只是……他的左手为什么会握得那么紧？

夏暖没有往深处多想，冲苏莞挤了挤眼，待看到她俏皮一笑，夏暖才接着享用饭菜。这么多年来，夏暖和苏莞如此多年的默契，只要一个表情和眼神就足够明白彼此心意了。

夏暖埋进碗中的脸上不自觉地爬上了一抹笑意，得友如此，夫复何求？

那么，Exclusive Angel 会是她的谁呢？朋友或是……想到这里，夏暖竟有些迷茫，只能单纯地觉得现在这样就很好，希望现在可以一直延续，延续到时间的尽头才好啊！

"暖，你在想什么呢？"苏莞从爱情的甜蜜中抽出一份关心来给夏暖。

"啊，没什么。"夏暖竟然出神了，手里一直扒饭却没有吃进嘴里，掩饰着说，"在想题目而已。"要是只有苏莞也就算了，王律也在，真是丢人，也不知她刚刚这呆样持续了多久了。

苏莞笑得一脸狡诈："你也不是会在吃饭的时候想题的人哦！这么多年，我还不了解你吗?！哈，老实交代了吧，你心里在想谁？"

"在想你啊！"夏暖半开玩笑道。

"啊！暖居然喜欢女生？可是夏暖只爱律啊，这可怎么办呢？"苏莞一本正经地问王律。

王律看她胡言乱语，也不放在心中，笑着用饭菜堵住了她的嘴。

夏暖在心中大声叫好，面上却颇为同情地望着苏莞。这下看你还怎么乱说话！

一天的学习紧张却又有条不紊，夏暖是极为热爱自己班级的，气氛活跃，相处和谐，即使是枯燥的课堂上也从不乏一些逗人的笑话，出自同学，也可能出自老师之口。但所有人又都不会忘记，这些笑话只是乏善可陈的学习生活中一点点调味料，真正能喂饱他们的，只有功课。

晚上，夏暖回到宿舍，打开游戏，发现自己的角色正在晶贝场，才刚刚三十级的她总是被怪冻住，没两个回合就阵亡了，不论复活几次，结果都是一样。

终于，她不再管阵亡在地的角色，开始死死地盯着屏幕，在心里默数。当她数到十的时候，Exclusive Angel出现了，她不理他，于是他急得绕着她跑了一圈一圈，一遍遍地喊她的名字。

"暖暖！我错了！你快复活吧！暖暖！"

夏暖有意看他着急，就是晾着他不管，直到他跑到第二十圈，才点击复活。

"知道出来啦？害我死了那么多遍。"

"对不起，我今天有点事，耽误了。"他还在绕着她跑，那傻样子逗得夏暖在屏幕面前笑到不行。

"以后你让我等几秒，就罚你绕着我跑几圈！好让你记住这个教训！"

Exclusive Angel 终于停下来，却开始不停地施展"哈雷彗星"，直到魔力值用完，"我再也不会让暖暖等急了，你放心。我会一直守护着你。你瞧，多美啊！我知道你喜欢看这个。"

"Exclusive Angel 你真笨，我这么无理取闹，你还向我道歉。"她看着游戏里的流星，心中泛起点点感动。

"只要不笨到暖暖不要我了就行了。"他发来傻笑，然后和她组队，开始奋力打怪。

"其实，我真的很害怕等待。"夏暖犹豫着，终于带着忐忑和期待，打下了这句话。

"嗯。我知道。所以我永远不会让暖暖等待我，即使我真的迟了，也请相信，那只是一个转身的错过而已。"

"还有，我也很害怕寂寞。"

"也没有关系，我会永远陪着你。不是在你身边，是在你的心里，我永远会在。"

夏暖看着他说的话，再打不出字来，不过游戏中的萍水相逢，她不值得他为她如此用心的。

真的，不值得。

第七章

"周末能回家真好。"林黎托着腮帮子，看着夏暖正在收拾一些没用的东西带回家。

又到周末了，她家离慧中不算太远，坐公交半小时也能到。而林黎不住在城里，回一趟家要花上大半天的时间，而学校周六上午要补课，小午才放假，如此一来，她也就总是宿舍中唯一周末还留在学校的人了。

夏暖笑了笑，说不出什么话来安慰。

夏暖知道，像她这样的女孩，辛苦考上城里的学校，又拼命地学习，很容易就疏忽了人际，显得孤独寂寞。所以，夏暖就总是愿意默默倾听她的心事，事实上，在大部分人面前，天秤座的夏暖从来都是他们倾诉的对象。

林黎并不介意她的不回答，脸上的阴霾也很快扫空，接着道："今天不和佳佳一起走吗？"

孙佳佳、林黎和夏暖同住一个宿舍，佳佳和夏暖又是乘同一班公车，所以夏暖经常和她做伴一起回家。

　　说起来，她们这个宿舍比起其他的要安宁得多。首先，人比其他宿舍少了一个，夏暖和林黎的性格也非争强好斗，即使佳佳偶尔乱发脾气，两人也可以一笑而过，所以三个人的关系一直还不错。

　　"她今天有事，说不能和我一起走了。"夏暖简单地回答说。看佳佳一脸甜蜜的样子，估计也是找到爱情了吧。

　　"那要不要找个人陪你？一个人回去怪无聊的。"林黎问。

　　夏暖首先想到的是苏莞，但她和王律肯定一起走，自己总不好意思老当电灯泡。至于其他人，似乎也还没有要好到一个电话就能够约来的地步。

　　想来想去，都没有合适的人选，于是摇头说："不了。"

　　可林黎的声音却突然变得渺远："夏暖，你这样子，难道不寂寞吗？"

　　心颤了颤，为的是她的叹息。

　　"林黎？"夏暖迷茫地唤她。

　　"夏暖，你对身边的每个人都足够好了，可你对自己呢？别人都可以放心地依靠你，你又有谁可以依靠呢？我看得出来，你不幸福，一味地忽略自己，很累吧。"林黎走上前来，握住了夏暖的手，直视着夏暖的眼睛。

　　从没想到，原来林黎比自己还要了解自己。夏暖自嘲地想着，这或许就是天秤座的劣根性，一味思虑他人的感受而对自己不管不顾。

　　"我还有苏莞。"是了，苏莞虽然没有林黎这么心细，但总会在自己难过的时候无声地陪伴自己。

　　"是没有人能走进你的心，还是你根本就拒绝了？"她摇头，

"苏莞即使能伴着你，但却从来不曾更深地了解过你内心最深处的想法，她能看到的东西，还不足你对她了解的十分之一，不是吗？"

夏暖避开了林黎的目光，抽出手，继续收拾东西，答案已经在夏暖心中了，无疑是后者成分居多，淡淡道："我已经习惯了。"

也许是个性使然，夏暖天生都不会与人谈起自己的心思，即使是最亲密的家人和朋友也是。或许，她只是害怕，既然说出来，也没有人能了解她，所以才不愿意去证实吧。

"真的吗？"林黎轻轻的问话却字字都敲进夏暖的心中。

也不知为何，一句"真的"怎么都说不出口。真的吗？如果真的用习惯就可以解决，那该多好啊！

"唉……"耳边是林黎的一声轻叹，却没有了下文。

夏暖知道，这种话，林黎只会说一次。而她，似乎也没再多心力再听一次了。

林黎啊林黎，我从来就没奢望过幸福，也不敢期盼有一个人能完全了解自己的心。但，如果是我错了，那么错了就错了吧，只要不是太离谱就好。

尽管是黄昏的夕阳，但因着是夏天，仍然是热得不饶人。因为手上提着东西，不方便拿伞，夏暖只好戴了顶多年未用的鸭舌帽。其实，用校服搭这种帽子，真的很别扭。

一味地低头走着，只想快些到达车站。平时不觉得，这夏天一到，二十分钟的路感觉上就特别漫长。

"夏暖？"似乎有人叫她。

夏暖抬起头，看见的是王律。夏暖讶异地一挑眉，这种时候，他不是应该和苏莞在一起吗？怎么会出现在这里？

"莞呢？"夏暖问，"怎么没和你在一起？"

"她说临时有事，就走了，也不知道去了哪里。我问她，她也没说。"王律无奈地耸肩道。

"哦。"夏暖应了一声，没打算再说话。

王律却接着问："你一个人走吗？"

"是啊。"没了苏莞在一旁，夏暖面对王律总觉得别扭。

"不如我陪你一起走吧。"王律说着，就走在了夏暖的旁边，不知是巧合还是有意，他站的位置，刚好为她挡住了夕阳的直射。

她一时找不到理由推却，只得点头应下，却任沉默的气氛在两人之间蔓延着。

"夏暖……"一路上都没有再开口的王律，终于在快到车站的一家礼品店前唤了夏暖一声，却犹豫着，没有下文。

"嗯？"夏暖的直觉已经告诉她，他是有很重要的话要说。

"要怎么办呢？"王律直视着夏暖，原本清澈的眼眸中流转的竟是晦涩的光。

夏暖被他这么莫名其妙地一问，一时愣住了，却听他接着道："如果，我爱的不是苏莞，要怎么办呢？"

"如果，你爱苏莞，那我能不能来爱你呢？"王律魅惑的声音像是从远方传来一般，听得她心惊。

他这话是什么意思?！什么叫能不能来爱她？

"王律？"夏暖不确定地喊了他一声，"你在开玩笑吧？"

"我没有！这一切都是为了你！我像个哥哥一样地照顾苏莞，只是为了有理由接近你！为了你！"王律突然很激动，目光中带着隐怒，"为什么?！你明明有所感觉，为什么总是躲避我！"

原来，根本不是夏暖想多了。

她停下脚步，努力让自己保持冷静，对他淡淡地说："王律，我有没有察觉这并不重要。莞她一直很爱你，你既然给了她希望，就千万别辜负她。如果你是别有用心，想把她抛开一边，那么，我会瞧不起你。"

这最后一句话，夏暖已经说到最重了。

"不是的！我，我有用心，但我也是真心把苏莞当妹妹，真的宠爱她。但……真的只能是妹妹而已。"王律听了夏暖的话，却摇头，低声缓缓诉说着，"那一年，你第一次对我笑，我就再也忘不了了。可是你如今早就忘记了我这个和你擦肩而过的人呵。不然，你以为，为什么苏莞总能和我在同一所学校，那是因为我下定决心守候你，我想，我至少要和你待在同一所学校里面才好。"

"一年前，我和苏莞成了朋友，本来在她向我表白的时候，我想要说说清楚。可偏偏，就在那之前无意中得知你和苏莞是好友，所以我就没有表态，任她误会。"

"够了！别说了！"夏暖没有办法听王律说那些过往。多么可笑，她原本以为的所谓"缘分"，竟然是孽缘。

王律没有理会夏暖的打断，越说越激动："我本来想，就以这样的身份，一直看着你就好。等到适当的时候我再——我以为，我可以等的。但是，今天，我觉得你的心里已经开始慢慢住进一个人，这是我最无法忍受的！"

"王律！"夏暖厉声道，"在莞还不知道之前，你趁早忘掉这份感情！"她不能允许，绝不允许任何人伤害苏莞！

"来不及了……"是苏莞的声音！

夏暖大惊失色，急忙回首，发现苏莞正从两人驻足的那家店中走出来，手里还握着一个小盒子。

"莞，我……"夏暖看着她强忍着哭泣的样子，心疼地唤了她一声，想要上前扶着她。

"啪"的一声，苏莞居然挡开了夏暖的手。

"夏暖，从小到大，都是你。你那么优秀，永远比我好，我们两个站在一起，所有人先看到的也都是你，然后才会注意到渺小的我。只是，我没想到，连律也不例外。"苏莞居然在冷笑，而她的笑容曾经是那么的明媚！

"莞，你别这样！"夏暖大急。

苏莞一步步地向夏暖逼来，目光如刺："你总是有那样高贵的姿态，而我只能仰望你！为什么这么不公平！即使我有的，竟然也是你让的！怎么？难道这一次，你连爱情也要让给我吗？来显示你有多么伟大吗！夏暖告诉你，我不需要！"

终于，泪还是止不住地流下来。

夏暖又怎么会不知道她的伤心，这么多年的努力和爱恋，到头来竟是镜花水月，一场空幻而已！

"别这样！"夏暖一步步地后退，几乎快要败溃，"莞，我之前都不知道的。如果我知道，我怎么……"

"哈！不知道……好个不知道！你以为不知道就可以解释一切，就可以得到谅解吗？你知不知道，这么多年，我活在你的阴影下，有多么苦涩吗？！"

"夏暖，我恨你！"她说着，将手中的盒子远远扔了出去，半空中盒子打开了，一条银白色的男款项链划开了黄昏的金色。

"苏莞！"在她扔出项链的时候，夏暖竟也已经泪流满面。她太清楚，这意味着什么，苏莞已将她们之间的友谊以及她对王律的感情，和着项链，一起抛开了。

决绝地转身，苏莞没有留任何一点余地，飞奔离开。

夏暖放下行李就想要去追，可王律却抓住了她的手腕。"你放开！"

"没用的。"王律摇摇头，"现在追上去只会让她更难受。"

"我不管，松手！"夏暖狠狠一扭身，手是挣开了，可右脚脚踝却传来一阵钻心的痛楚。那疼痛让她一时站立不住，单腿跪在了地上。

"你怎么了？"王律一脸紧张，想要上来查看夏暖扭伤的脚踝。

夏暖却仍然抬头看着苏莞跑开的方向，可早就没了她的人影，心中悲怒交加，冲着他大喝一声："你给我走开！"

"夏暖……"王律无力地叫着她的名字。

"你走！我不想看到你！"夏暖闭上了眼睛，语气寒冷如冰，连心都一样。

"好，我走！"耳边传来王律咬着牙说的话。

再睁开眼，王律确已离开了。

天色昏暗了不少，脚踝的疼痛稍有好转，夏暖忍着痛，坐到了行李箱上。

你知不知道，这么多年，我活在你的阴影下，有多么苦涩吗?!

夏暖，我恨你！我恨你！

苏莞流着泪说出的话，始终徘徊在夏暖的耳边。

苏莞居然恨她！她付出的友情，到头来换来的是恨吗？难道在爱情面前，她自以为是的友情，就这么不堪一击吗？为什么不早点发现她的难过呢？自己怎么一直忽视了她生活在自己的光环下，有多么自卑和难过！

想到这里，夏暖不顾路上还有稀稀落落的行人，环住了双腿，泣不成声，任黑暗将自己淹没。

　　好难过，真的好难过……最爱的人说恨她啊！想起苏莞曾经还对着她撒娇，躲在自己身后寻求保护的情形，竟然觉得好遥远，好遥远。

　　难道唯一走进她心的人，现在也要弃她而去了吗？

第八章

夏暖，你这样子，难道不寂寞吗？

夏暖，你对身边的每个人都足够好了，可你对自己呢？别人都可以放心地依靠你，你又有谁可以依靠呢？夏暖看得出来，你不幸福，一味地忽略自己，很累吧。

林黎说的话依然回荡在耳边，或许这一次，她是真的累了吧。

她有谁可以依靠呢？

夏暖勉强忍住哭泣，拿出手机，心中只希望此时能有一个人，来到自己的身边，哪怕什么都不说，只要一个可以依靠的怀抱就可以。

"司辰……"鬼使神差的，夏暖竟然拨了左司辰的电话，可才刚叫了声他的名字，就又犹豫了。

"夏暖？出什么事情了？你是不是在哭？"左司辰听出她的哭腔，紧张地问道。

而夏暖的泪水被他关切的话语再一次彻底决堤，几乎泣不成声，语无伦次地说着："莞说她恨我……她居然这么恨我，我从来不知道……"

"不急着说。你现在哪儿？告诉我，我马上来。"左司辰冷静下来的声音使夏暖心中安定了不少，勉强将地点完整说了。

"好，你等我！"他说完就挂了电话。

夏暖听着电话挂断的声音，愣了好久，泪还是流着，心也还是那样的刺痛。

就这样，浑浑噩噩不知道过了多久，终于听到了一个声音："暖暖。"

霍然抬起头，那一刻，夏暖竟有了错觉，站在她面前的不是左司辰，而是那个她未曾谋面的 Exclusive Angel。左司辰从来叫夏暖都是连名带姓，这一声"暖暖"，将夏暖心中的酸涩都牵了出来。

"呜呜……莞恨我，她竟然那么恨我！司辰，我要怎么办？要怎么办才好？是谁都好，可为什么是她?! 我从来没想过她原来那么……那么讨厌我……她说我让她觉得活得好辛苦……"那一刻，夏暖放下了所谓的可笑尊严和骄傲，将自己最无助的一面展于人前，靠在左司辰的怀中哭泣，尽管她知道这无济于事，但自己只想这样发泄心中的难过。

"没事了，还有我在。小莞的性子你还不知道吗？她一定只是一时气话，无心的。"左司辰低低地在夏暖的耳边说着，他说的每个字都因为他好听的嗓音，而带给夏暖一种安定的感觉。

"可是她的眼神……真的好可怕，我从来不敢想象那是她的眼神啊！"那样的决绝，那样的仇恨，叫她如何能够承受得起！

左司辰只是应了一声，没有再说话，只是静静地、不厌其烦地听着夏暖断断续续地讲着，只是始终用手轻拍着夏暖的背，默默地安慰着她。

"嗯。所以这不是暖暖的错啊。"左司辰听完后，轻声说，"没有一个人会真正活在他人的阴影下，毕竟每个人都是不一样的。或许只是因为王律的事，伤了小莞的心，她才会这样说。等她冷静下来，就不会这样想了。"

"真的吗？"夏暖迷茫地抬头看着左司辰，路灯的光衬着他脸上的轮廓比往常都柔和。

左司辰郑重地点头，让她不得不相信。

"现在心里好些了吗？天色都黑了，再不回去阿姨和叔叔要担心了。"直到左司辰拉开夏暖，她才发现自己的眼泪竟然把他的衣襟给浸湿了。

"对不起。"自己确实是失态了，但是……

"我现在这样子不能回去，我怕他们担心。"哭成这样，嗓子哑了，眼睛肿了，连脚也崴了，回去的话不知道他们要紧张成什么样呢。

左司辰一挑眉，问道："回校舍吗？"

夏暖摇头。自己刚和林黎谈过那样的话，怎么好在这种情况下回去，更何况，她真的想知道，到底还有没有可以依靠的人。

"那你要去哪儿？"左司辰问。

"去你那里行吗？"左司辰平时不住校，为图清净在学校附近租房住，两室一厅，夏暖和莞都去参观加小住过。

左司辰皱了皱眉，没有马上说话，而他的沉默，让夏暖的心也渐渐地沉了下去。还奢望什么呢？人家能一个电话就赶来已经不错了，自己怎么能再打扰人家的生活。

"那你先打个电话回家，找个借口吧。"正黯然，却听左司辰说话，竟是默许了。

夏暖哽咽着点头，拨通了家里的电话，努力让自己的声音平静："喂，爸，我这周末不回去了。因为下周就第一次模拟考了，有些资料学校图书馆才有。"

"哦。那还住学校吗？需要什么东西吗？"电话另一边传来的是理解和关怀的声音。

"没什么。"夏暖停了一下，然后一口气说完，就慌张地挂了电话，"对了，学校电话坏掉了，有事的话就打我手机吧。我先挂了，拜拜。"

"好了……"再开口，发现自己的声音都在颤抖。

左司辰仿佛看穿了夏暖的心思，说："这只是不得已。"说完，就向夏暖伸手，想把她拉起来。

夏暖低低地应了一声，本想借势站起来，右脚扭了不算，因为蹲坐得太久，脚还完全麻掉了。好在在夏暖快要向后摔倒的时候，左司辰眼疾手快地用另一双手扶住了她。

"怎么了？"左司辰关切地问。

"起先是扭了脚，现在麻了。"夏暖几乎完全靠在了左司辰的怀里，根本站不住。

不知是不是夏暖看错了，他的眼中竟然闪过怒气："是不是王律?！"在她的记忆里，他从来不曾真正生气过的。

她不想提起这个名字，疲惫地把头低下。

左司辰也不追问，手自然地搂住了她的腰，撑着她走到马路边打车。夏暖偷偷地抬眼，看着左司辰的侧脸，突然觉得很陌生，现在的他和从前判若两人，自己到底还了解他吗？不仅是他，就连苏莞，自己都已经没有把握了。

猛然惊觉，或许只是自己一厢情愿，以为他们还需要自己保护，实际上，早已颠倒过来。

"师傅，去衡星路 68 号。"

自上了车后，两个人之间就再也没有说话。夏暖习惯性地看着窗外，华灯初上，不知苏莞现在怎么样，是在难过，还是在憎恨呢？

手被左司辰悄悄握住，带着安定的感觉传遍了全身，夏暖却没有回头，因为此时此刻，还是泪流满面。

"能走吗？"下了车，左司辰问。

他家租在五楼，平时不算高，但要是脚崴了，就不一样了。

"能。"她却不愿再麻烦他，说着就要抬脚往前走，可右脚才一落地，就又是一阵剧痛，与之前丝毫没有减弱多少。

强忍着，一动不动地站在了那里。

"上来吧。"他在她面前蹲下身，回头道。

那一刻，不得不说，她是感动的，自认自己在他身上所投资的，并不足以换来这样的待遇，终于还是犹豫地伏在了他的背上。

昏暗的楼道里，夏暖看不清他的侧脸，只听到左司辰不知何时变得低沉悦耳的声音传来，"在想什么？"

"不知道。很乱。"尽管知道他看不到，夏暖还是摇头回答着。

"累了就睡吧。睡一觉，天亮了，就都过去了，一切都会好起来。"黑暗中，他的话语好像带着安定人心的力量。

左司辰的背很宽厚，不再如小时候夏暖所嘲笑的那么瘦小、单薄，感觉整个人隐约被淡淡的薄荷气息包绕着，渐渐疲惫，睁不开眼睛："真的……吗？"

"真的，相信我。"左司辰是这样回答的。

夏暖多么想要回答，可最后只能化作泪水，浸湿了他的背。

信他，从来都不知道可以如此信他，相信到觉得只要有了他，就什么都不怕了。因为只有在他面前，自己才不需要将最软弱的一面小心翼翼地掩藏。

　　　　　　

阳光透过薄薄的纱窗斜斜洒进屋子，夏暖抬手遮住了眼，如果不是这陌生的房间，或许还真以为昨天不过一场梦而已。

左司辰不是说只要天亮就好了吗？可是打开手机，没有关于苏莞的来电和短消息，她的恨该不只是一时气话吧。

一瘸一拐地走到梳洗间，镜子里的人头发散乱，眼睛还红肿着，这样子让夏暖自己看着都不由苦笑。昨天自己是太不冷静了，可若不是苏莞在自己心里太重要了，又怎么可能会如此难过和绝望呢？

梳洗一番，调整好情绪，打开房门，看见左司辰正在厨房忙碌着，由于台面偏矮，他不得不微微弯着腰，却一点不显狼狈，反而给她一种赏心悦目的感觉。

"你醒了？快坐吧，早餐马上就好了。"左司辰听到动静，也没回身，只加快了手上的速度。

想起昨日自己的失态，夏暖还真有点窘迫之感，偏偏不愿表现出来，低声应着，小步挪至座位。

左司辰转过身，端着盘子出来的时候刚好看到，不由皱眉，问道："脚还和昨天一样吗？"

"不是的，好很多了。"夏暖急忙摇头，还是不敢看他。

"那冰敷是有效果了，还好不是很严重……否则……"左司辰低语几句，越到后面越听不清。

夏暖这才恍然，难怪觉得脚踝处有点冰冰凉凉的："你忙了很久吧。"

"呵，没什么，平时做运动也常会扭伤，这些药和处理方法都是常用的。"轻笑一声，左司辰似是不好意思地挠头道，"快吃吧。"

"好。"她的心情终究还是低落，亦不愿再说，低头吃起饭来。

"好吃吗？"左司辰看她吃了几口，带着期待问着。

夏暖知他有意不让自己想起伤心事，就抬头夸奖道："很好吃啊。"

"是吗？那我以后天天做给你吃。"

可话一出口，他顿觉不妥，夏暖也有所感，一时却也不知道该如何反应才好。

过了良久，久到她还以为左司辰已经不打算再说话时，却听他开口了："你还记得吗？我们小时候的事？那次有几个高年级的孩子拦住我们……"

夏暖先是一愣，后又莞尔一笑，她怎会不记得呢？

那个时候她和左司辰两人，虽然比起对方矮了许多，却像小大人一样将苏莞护在墙角，自己搂着莞，而左司辰却紧紧地抱住她们两个。拳头全都落在了他身上，他却一声都不吭。而苏莞被护在里面，却哭得一塌糊涂，只得由自己哄着。

"其实那个时候，我就下定决心，保护莞一辈子，让她永远不受伤害的。"夏暖回忆起往事种种，不由感慨。

"没有人可以一辈子不受伤害，只有受过伤才能长大不是吗？小莞已经不是孩子了，不可能一辈子受你的保护。"左司辰不禁伸出手，牢牢握住夏暖冰凉的手，想要将她温热，"你要相信小莞，总有一天她会明白你的苦心的。"

夏暖怔怔地看着被他包裹住的手，泪湿了眼眶，说不出话来，却还是用力地点头。她愿意相信，相信莞，也相信她们之间的感情不会如此不堪一击。

左司辰知道她听进了自己的话，不由松了一口气，凝视着两人紧握着手，笑了。

只是夏暖却不明白，这其中所包含的感情，却是早就沉淀了十年之久，连左司辰自己都觉得若不是来日方长，或许都已难以表达。

第九章

　　周末过去的很快，夏暖也渐渐冷静下来，不去拨苏莞的电话，也不发短信去打扰她。只希望能等到她的心情也平静下来，再好好谈心一次。其间她打开了游戏，发现 Exclusive Angel 在线上，两人都回到了长乐城，然后她开始断断续续地打着字，向他诉说发生的一切，有时也会打不下去，但 Exclusive Angel 却愿意耐心地等着，直到她说完。

　　"我也很自责，这么多年来我一直以为她是个粗心的人，却不想她的心原来也是如此细腻，所以才忽略了她的感受。"夏暖终于打完了最后一句话。

　　"猪头，你的朋友并不是你的孩子，总要有长大的一天。还有，难道你就这么想当妈了吗？那我怎么办？"

　　夏暖看到后半句的时候，对着电脑屏幕扑哧一声笑了："你的劝慰方式真特别。"

　　他发了个脸红的表情，显然把这当作夸奖了。夏暖在心中暗骂他皮厚，却又不禁多释怀了几分。

"今天不想打怪。"夏暖说。

"好，那我送你一样东西吧。"他点了交易。

夏暖呆了呆，是刚刚推出的情侣装，她看到过别人穿着的样子，很可爱，也很惹眼，问说："给我吗？"

"快接受吧，我手都举酸了。"

"谢谢你。"夏暖接收了衣服并且穿上，再看 Exclusive Angel 也已经穿上了男装。

"很漂亮！"他做了个邀请的动作，绅士地赞美。

"Exclusive Angel，你为什么对我这么好？"

"真是穿上衣服还是个猪头，我不对你好对谁好呢？"

"会很贵吗？"

"不会啦。我以后赚好多好多的钱，都给你花，好不好？"

"好啊！"不得不说，这样的甜言蜜语让夏暖动心了。

"你能不能把你的号给我？我是想如果你不在的时候，可以开你的来带。"

"没问题。"他爽快地答应，并且连着 Q 号的密码都一起给了她。

又谈了一会儿，两人都到要下线的时候，夏暖却执意要等他先下，Exclusive Angel 争不过她，无奈之下只好先下线了。

可夏暖却没有紧接着下，她做了一件到目前为止，自己觉得最无聊，却控制不了自己行为的一件事。她登录了 Exclusive Angel 的号，点开梦幻宝贝那栏看了又看，然后自嘲一笑，这才关掉电脑。

这天夜里，夏暖带着小小的幸福感进了被窝里，想起刚才看到的，说不出的安心，Exclusive Angel 的梦幻宝贝只有她一个。

而现实生活中，左司辰自那日后就再不过问，却开始每日在晚自修结束后到一班来等夏暖。

尽管只是从教学楼到宿舍的一小段路，两人大部分情况下也只是交谈一天的生活，夏暖却依旧感到温暖，也是如今才发现，原来左司辰的关心是这样默默无闻，却又让人感到安定的力量。就像Exclusive Angel 一样。

"还是没有和小莞联系吗？"又到周末了，因为学校有特别安排，所以停止周六上午的补课。事情不知不觉竟也发生一个星期了，正好今天又比平时多出一个上午的时间，左司辰觉得也该是时候了。

夏暖摇头，语气中带着隐忧，说道："我前两天就在联系她，她不接手机，我还听她同学说，昨天她竟然没去上课。我又不敢轻易打电话给阿姨，怕根本没什么事，平白害她担心。"

左司辰惊讶地挑眉，但很快做了决定，沉声说："今天无论如何得找到她了，不然实在让我不放心。"

"我也这么想，只是一直到刚才，她还是不肯接我电话。"夏暖黯然，难道莞就这样不愿见自己吗？

左司辰拿出手机拨了苏莞的电话："我来试试吧。"可看见夏暖失落的神情，心中一疼，就腾出另外一只手握住她的肩膀，想要给她信心。夏暖只是对他摇头笑笑，示意他不用担心自己。

电话终于在连续拨打了三次之后接通了。

"小莞，我想见你。"左司辰闻得话筒那边声音嘈杂，眉头一皱，沉声道，"你在哪里？我去找你。"

"唔，是左司辰吗？哦，那……你来 COOL 迪厅好了。"苏莞说话含糊不清，简单说完，身后似乎有人叫她，就挂断了电话。

夏暖见他皱着眉头挂了电话，问道："怎么了？她连你也不肯见吗？"

"不是，她肯见我。"左司辰将心中的不安强压下去，对着夏暖柔声道，"暖暖，你先到对面的咖啡店等我好吗？我把她带来。"他不愿意带夏暖去那种乱糟糟的地方。

夏暖直觉不对，抓住了他的手臂，直视着他，问道："你老实告诉我，到底出了什么事？"

低叹一声，左司辰知道她是铁了心要同去，便说："其实也没什么，不过是我乱猜而已。先打车，到了再说。"

点点头，夏暖相信左司辰有他的道理："嗯，走吧。"

一路上，两人都各自沉思着，并没有对话，直到的士停在了COOL 的门口。

夏暖听说过这间迪厅却从没有来过，她并不喜欢这种龙蛇混杂、灯红酒绿的地方，甚至是很排斥："左司辰？她说她在这里？"

"在这里等我。"左司辰至始不愿意让她进这种地方，所以这次的语气不容分说。

夏暖知道坚持无用，况且自己本身也确实不喜欢里面的氛围，于是道："那我在这儿等你们。"

左司辰似是承诺般地郑重点头："相信我。"然后为了宽慰她一般，留下一个清俊的笑容，这才转身进了迪厅。

这是他第二次说要夏暖相信他了。夏暖望着他高大的背影，顿觉若是这句话，自己能听一辈子，信赖一辈子，该有多好。

左司辰才踏进 COOL 就觉得里面乱得不行，什么样的人都有，嘈杂顿重的音乐声让他听了极不舒服。这种地方竟然连白天都是如此的醉生梦死。

眉头始终紧锁着，迅速地在人群中寻找苏莞的身影，终于在一个角落看到她正和几个染头发的青年喝着酒，还有说有笑的，其中一个还正搭着她的肩，一看就不是什么正经人。

左司辰气极，冲过去一把把苏莞从座位上拉起来，冲她吼道："你这是在做什么?! 王律就这么重要，让你这么糟蹋自己吗?! 你知不知道，如果夏暖知道，她会多难过? 你有为叔叔阿姨想过吗?!"

"喂，你是什么人啊!"其中一个青年也站了起来，看起来有点酒意，粗鲁地推了左司辰一把。

左司辰没有防备，略微倒退了一小步，却不多理睬，拉着苏莞就走："走，先跟我离开这里再说!"

"我不跟你走!"苏莞喝了点酒，不是醉了，只是不愿意清醒，索性耍起酒疯来，"你们凭什么管我! 我爱在哪里，和什么人在一起是我的自由! 她夏暖凭什么以为只有她都是对的，所有人都得听她的，她以为把王律让给我很伟大吗?! 那是施舍! 你为什么那么偏心，总站在她那边!"

"小莞，你疯了?!"左司辰想制止她继续说下去，硬要拉她离开。无论如何，这里都不是谈话的地方，他一定要带她先走。

苏莞却对准了左司辰的手臂狠狠咬下去，左司辰皱皱眉头，却不肯松手，她也就这样咬着，僵持着。

"啪!"耳边响起清脆的耳光声，苏莞摸着被打的左脸，松开左司辰，怔怔地看着眼前的夏暖，眼神是那样的不可置信。

"夏暖?"左司辰心思方才都在苏莞上，却没有注意到夏暖的到来。

夏暖见他进去久了迟迟不出来，担心他，便进来找他，却不料听到了苏莞这一番话。所有的悲愤和委屈一起从心底涌了上来，原来自己对她的好，被她曲解成了施舍。等不及理智回巢，手已经快了一步，打在了苏莞脸上。

"你以为我是要把王律让给你吗?! 你觉得真正的感情是可以让来让去吗?! 我只是想让他明白你的心意，学会珍惜你，这本就是你这么多年对他的追求应该换来的，如果你认为这是施舍，你未免太轻看了你自己! "夏暖看着面前这个姐妹多年的人，泪不由流了下来，这一巴掌不仅打疼了苏莞，也打疼了她自己，"我不敢想象我认识的那个永远乐观，充满活力的苏莞会因为这一点挫折就再爬不起来了，更不敢想象你内心真实的想法竟然是这样的不堪! "

"我不认为我都是对的，也从来没想过要管你，让你都听我的。我只是想尽量给你你想要的，希望你过得比我快乐! "她只是希望有不快和负担都由她自己来承担，守护苏莞一辈子无忧无虑，难道错了吗?

"暖暖……"左司辰心疼地望着她，这么久，终于说出心里话了吗? 原来，她过得并不快乐，总是把所有事情都一个人承担下来，放在心里。

苏莞瞪大了眼睛，泪水却还是溢出来，她冲着夏暖大喊:"我快不快乐你又怎么知道? 在你想要给予我之前，能不能先考虑一下我的感受啊?! 我是人，不是木偶! "

说完，苏莞不知哪里来的力气，挣开了左司辰的手，埋着头冲出了迪厅。

夏暖怔住了，是她自私了吗? 从不考虑苏莞的想法，一直自以为是地给予?

"莞! "想到这里，夏暖拨开人群，只想立刻追上苏莞，她这么激动的情绪万一出事了该如何是好!

"暖暖! 你……"左司辰正想尾随而去，却不料被方才那个青年拉住手臂，"喂，你小子，坏了我的好事就想一走了之吗?！"其他几人也都站起来，一脸凶恶，挡住了他的去路。

"不想进医院就给我放手！"左司辰看着夏暖已经出了COOL，看不到她，心下没由来的一阵烦躁，回身一拳就打在那人脸上，力道之大让那人直接向后翻倒在地，给了他们一个下马威。其他几个人见势都不敢再上前。

"让开！"左司辰的语气寒冷如冰，目光凌厉地扫过那几人，他们看到了同伴的前车之鉴后，皆是一缩，让开了一条路。

左司辰也不多做纠缠，冲出COOL的大门，可眼前的这一幕，几乎要让他崩溃，厉声喊道："暖暖！"

"莞，小心！快闪开！"夏暖眼看着苏莞根本顾不得看路，闯到了路中间，用尽全力冲到她身边将她推开。

苏莞被推倒在马路边，抬起头却只能眼睁睁地看着迎面而来的卡车将夏暖撞倒在一旁："暖！"

背上火辣辣地痛，眼皮好重，夏暖只能勉力看了一眼平安无事的苏莞，就再也睁不开眼来，耳边传来左司辰不似人声的悲吼。

轻笑，足够了，能得到他们陪伴在身边这么多年。可是还有一点遗憾呢，那就是没能对莞说一声对不起，还有没能跟Exclusive Angel和左司辰说句谢谢，谢谢他们无条件地对她好，还有……

"暖暖，暖暖，别睡过去。我还有很多话，很多事情没有和你说……"

夏暖觉得似乎有人抱起了自己，熟悉的薄荷香将自己包围，好想抓住这种安定的感觉，可是意识却渐渐抽离，陷入了黑暗。

第十章

"对不起，你们不能进去！"护士拦下了苏莞和左司辰两人，"请不要影响我们抢救。"

"暖！"苏莞跟着手术推车一路跑着，却不得不放手，看着她毫无生机地被推进手术室里，一道门关上，手术室的红灯亮了起来。

"可恶！"左司辰一拳打在医院雪白的墙壁上，他不敢想象那个生气起来会握着拳头追着他打的夏暖会那样倒在血泊中。他恨自己为什么不坚持让她留下来，即使让她跟着去了，又为什么没能在那一刻拉住她？！

"左司辰，你别这样！你要打就打我吧，是我害了暖！"苏莞跪倒在地上，心痛得麻木了，居然连泪都不知道该如何才能流下来，在夏暖推开她的那一刻，她觉得全世界都毁灭了，所有的温暖，再也触及不到。

左司辰红着眼，慢慢回头，蹲下身，扶起苏莞，让她坐到椅子上，强压下自己心中的难过，艰难地安慰着她："小莞，夏暖不怪你，我也不会怪你。这并不全是你的错，相信夏暖也不愿意看到你这个样子。答应我，如果……她没事，和她重归于好吧。但如果……她……你也要…"他爱夏暖，但苏莞对他来说也和亲生妹妹一样亲近，他只希望自己能代替她们两人承担所有的不幸！

"不！她不会有事的！我从来都没有恨过她啊！我要她好好地站在我面前，哪怕再打我一巴掌也好！"苏莞嘶喊着，打断左司辰的话，"如果，如果她敢不醒过来，我才是真正地恨她一辈子！"

"小莞，你冷静点！一会儿阿姨和叔叔就要到了，你这个样子做给谁看?！是要让他们更难受吗！"左司辰摇着她的肩膀，直视她。自己人生中最重要的两个女孩，现在一个躺在手术台上，生死未卜，而一个自责到情绪濒临崩溃，可是他，却无能为力。

苏莞微张着嘴，却无声，怔怔地看着左司辰，似被他的吼声吓住了。良久，她低下头，狠狠地抹去脸上的泪，霍然抬头，眼中闪烁着坚定，低声道："我明白。我相信她会没事，我对她有信心！"

左司辰无声地点头，握紧了拳头，如果她真的有个万一，他绝不会放过王律！

"司辰，小莞！小暖怎么样了？啊？"夏暖的父母都赶来了，手术还在继续，只有护士进进出出，却得不到一点消息。夏暖的母亲几乎站不住，被扶着坐了下来。

司辰摇头，如果可以，他现在真的一句话都不想说："不知道，已经进去半小时了……阿姨你别急，她……一定会没事的。"

而苏莞从安静下来开始就死死地盯着手术室的灯，在心中祈祷了千遍万遍，泪流满面却还不自知。

"吱呀——"手术室的门终于打开了，夏暖从里面被推了出来，恬静的面容仿佛只是在熟睡而已，唇边还挂着幸福满足的笑意。在手术室外等候的几人连忙站起来迎了上去。

伸手轻轻抚过她的眉眼，感受到她的温度，左司辰止不住地颤抖，他是多么害怕，害怕刚刚推出来的是毫无体温的她。还好，还好。这么多年，他从来没有这么心慌过，这种煎熬只尝过一次，就再也承受不起了。

"医生，请问我女儿怎么样了？"夏暖的父亲相对冷静些，问道。

"你们放心，她没有生命危险，也不会留下什么后遗症，只是需要在医院疗养一段时间。她断了两根肋骨，有中度的脑震荡，而且她的后背有很严重的划伤，接近脖颈，我们已经处理过了，需要愈合一段时间，可能以后康复，会留下比较难看的疤。"医生陈述着夏暖的情况，语气平静无波，"你们家属去准备一下住院吧。"

苏莞却突然激动地抓住医生的手："医生，求你了，不论怎样，请别让她留疤啊！"她不要这场车祸在夏暖身上留下永远无法抹去的伤疤！否则，这疤也将成为夏暖和她自己心中永远的痛。

"很抱歉，这么严重的撞击，她能够这样已经相当幸运了，谁身上没有一两个疤的？好了，家属跟我来办下住院手续。"医生没有动容，推开她的手，对着夏暖的父母说着，然后率先迈开步子。

"那小暖就先拜托你们照顾下了。"夏暖的父亲扶着她母亲跟着医生离开了。女儿没有生命危险，也没什么后遗症，二老已经安心了。

"叔叔您放心吧。"左司辰知道夏暖没有生命危险后，只感觉紧绷的神经顿时松弛下来，也开始冷静了下来。

病房里，苏莞坐在床边，带着淡淡的笑容，牵着夏暖的手，虽然一语不发，但她的心却能够感受到夏暖带来的温暖和踏实感。

左司辰欣慰地看着两人握在一起的手，拍了拍苏莞的肩膀，轻声道："我先出去一会儿。"

"你知道王律在哪里吗？"苏莞却突然抬头问。

"你怎么知道我要去找他？"左司辰诧异于苏莞料到后的平静。

苏莞微微一笑，目光又转回到夏暖身上，缓缓说："左司辰，以前的我太过任性，以为暖对我的迁就和包容可以永无止境地延续下去。可事实证明我错了，即使是最亲近的人对我的爱，也不可能任我透支。如果是那样，即使她不想收回，上天也会帮她收回这种单方面的付出的。我很感激，感激暖没事，否则我一辈子都无法原谅自己。我谢谢她还肯给我机会，让今后的我，弥补以前的过错。"

左司辰心头一热，凝视着夏暖的脸庞，你听到了吗？苏莞成熟了许多，这该是你最想看到的吧？

"放心吧，我有王律的电话，你照顾好她。"左司辰留恋地看了一眼，就走出了病房。他找了一处僻静的地方，才拨通了王律的电话，"你是王律吧？你在哪里？我要见你。我是左司辰，你应该听说过吧。"

电话那头有片刻的惊讶和迟疑，随后道："是，我知道你。你来学校的天台吧。"

"好，我马上到。"左司辰已经走出了医院，挂了手机，叫了辆的士，"师傅，麻烦去慧英中学。"

"小伙子，你刚从医院出来，这么赶着去学校不好吧。不先回家换套衣服吗？"那司机看着左司辰染血的白色校服衬衫，好心建议道。

左司辰礼貌一笑，拒绝了。或许这血迹可以让自己更加坚定，因为纵使夏暖没事，他还是对王律存有敌意。

司机见状也不再多说，启动了车子。

推开天台的大门，王律如约已在天台上了："你来了。"

"夏暖出车祸了，为了救小莞。"左司辰走近他，带血的衣袂在风中飘扬着。他并不打算和王律周旋太久，索性开门见山。

王律的瞳孔猛然收缩，一步冲到左司辰面前，抓住他的领子，激动地大声问道："你说什么？！说清楚点！"

左司辰看着王律如此，有一刻心软，却又残忍地重复了一遍，冷声道："夏暖出事了，小莞伤心自责，而如果没有你的出现，这一切都不会发生。"

王律却慢慢地松开了他，颓废地背过身，走到护栏边，眺望着远方，冷静下来后，笃定道："她没事，否则你就不会在这里了。"

"你倒是很了解我，可你了解夏暖吗？"左司辰也来到他旁边，倚着栏杆，缓缓说着，"在夏暖的心里，小莞是第一位，甚至比她自己还要重要。小时候，夏暖的个性比一般小孩都内向，从不主动靠近别人，是小莞第一个走进了她心里。她曾说，小莞是她生命中第一缕无可抗拒的阳光，照亮了她，所以她想守护小莞一辈子，让她一直无忧无虑地活着。"

"虽然让一个人完全没有烦恼是不可能的事，但这些年来，我亲眼看着她为小莞做出的努力，只要小莞喜欢的，她自己努力先学好，再来教她。只要小莞不喜欢，她即使再有兴趣，也愿意放弃，去陪小莞。这么多年，我能感觉到夏暖是一个，随时随地都在顾虑别人感受的人，她总是想照顾别人的心情，怕别人难受，却把自己弄得疲惫不堪，没有一刻放松……"王律看到左司辰的眼底，那里面是一种不可言喻的深情和守望，"曾经一度，我不能够理解夏暖的付出，但是后来，当我看到夏暖因为小莞的快乐而快乐，当我也开始翻倍感受着另一个的喜怒哀乐的时候，我才明白，那种想要用生命去守护另一个人的感觉。"

"这么多年来，她们几乎没有争吵过，因为在她们心里，没有什么东西值得她们彼此争执。"左司辰转头，看向王律，眼底有了一丝严厉之色，"但那停止在你出现之时。我从夏暖那里听说了你的做法，时至今日，你还认为你自己做的没有错吗？"

王律有一种窒息的感觉，想替自己辩驳几句，却发现自己没有立场，于是沮丧说道："你不用再说了，我知道该怎么做了。"

"我想，如果没有发生这些事，或许我们会成为朋友的。我先走了。"左司辰明白自己的目的已经达到了，转身就要离开，却在拉开门的一刻听到身后的王律的声音。

"你决定了吗？你难道不清楚守护一个人是多么的辛苦，更何况她亲口告诉过我她心中已经有了一个人！你走得进去吗？"王律想起了那日在食堂，夏暖告诉他，她在和男朋友发短信的事情。

左司辰一顿，轻笑一声："我和你不一样。"留下这句话和尚在原地久久沉思的王律，走了。

是的，他和王律不同，王律对夏暖再用心用情，可对她的了解终究太少，但他不一样，他了解她内心所有的想法，所以他可以为了夏暖忍受一切，哪怕是看不到尽头的等待。所以他永远不会因为自己的感情而伤害到夏暖和苏莞，哪怕这会使他自己倍受煎熬。

纵使她最后的选择不是他，他也可以祝福她，然后笑着看着她幸福。

"暖，你知道吗？我真的很爱王律，我觉得我几乎可以为律付出一切，哪怕我的表白始终失败。直到三个月前，他没有拒绝我的表白，我真的好高兴，尽管那个时候，我就已经看出他眼中的挣扎。"

"后来，我和他相处，更是发现他对我的感情似乎并不是我想要的。更可怕的是，我觉得他爱的另有其人。但是我又想，没关系，只要我在他身边，总有一天他会爱上我。我可以等他的，多久都没关系。"苏莞对着仍然睡着的夏暖低声絮语，"可是，我万万没想到，他爱的那个人是你。我真的很挫败，觉得自己一直努力追求的幸福成了天大的笑话，竞争对手会是如此优秀的你。所以，我才对你说了那些伤人的话。可当我伤害你的时候，我的心也很疼……"

"其实，我知道你很辛苦。你需要撑起所有人对你的期望，而我却不用，我只用好好地跟在你身后，就可以活得毫无忧虑。从小到大，你总是做那个最优秀的人，虽然看上去很风光，但是承担的压力也很大，而我却完全不需要体会那种压力。天秤座的人总是把悲伤留给自己，你在我面前从来都是笑着的……我分明知道你的想法，可我却因为自己的原因，那样卑鄙地扭曲它。"

"暖，你能原谅我吗？"

夏暖其实早已醒了，原本身体的不适全都被苏莞这番话冲淡了，竟然从不知道，原来莞的想法已经全然不是自己想象中的那样简单了。

"傻瓜，我从来不怪你。其实我并不如你认为的那样优秀，我……也有很多缺点，你身上那股朝气活力就是我所没有的，你有你的迷人可爱，是谁都比不上的。"夏暖虚弱地回应着她，"我其实一直很羡慕你呢……"

苏莞惊喜地抬起头，轻唤她："暖？"

"莞，你说的对。我在给予你之前，却不曾考虑你的感受，那是否是你想要的，以这种方式得到，又是否是你愿意的。"夏暖费力地伸手，轻轻抚上苏莞的左脸，"还疼吗？那一巴掌是我不对，再怎么样我都不该动手打你。那些话，我也说得太重了，对不起。"

苏莞抓住她的手，哽咽着拼命摇头："不是的，该说对不起的是我……暖，你知道吗？医生说，他说……你的背上会留下很长很难看的伤疤。你是替我的呀！该躺在病床上的人是我！当时，我真的有一死了之的绝望想法，我是活该！"

"好了，别说了。一点伤疤而已，还能比命重要吗？"夏暖反握住苏莞的手，柔声道，"都过去了，我不是没事吗？以后，我们都别再提谁对不起谁了。"

苏莞还想再说："可是……"

"再说我可要生气了。"她板下脸来。

"嗯。"苏莞用力地点头，小心地俯身拥抱夏暖，"暖，我爱你。我们永远都是姐妹。"

夏暖用没挂吊瓶的手回抱着苏莞，调侃道："这样才对嘛！莞笑起来才好看，还是这样腻着我，对我撒娇才对。瞧，多招人喜欢的女孩啊！还怕没人要吗？我就不信这世界上的男生都瞎眼了。"

"真是的……你就知道笑话我！"苏莞作势要把眼泪鼻涕都蹭在她身上，夏暖却不在意，幸福地笑了。不知道这算不算是因祸得福呢。她知道，从此苏莞和自己将再也没有任何隔膜。

左司辰正巧在这时推开房门，看见这温馨的一幕，两人紧紧相拥、亲密无间的样子，露出淡淡的笑容。他回来的时候，倒是把原本沾满血迹的衣衫给换了。

夏暖张嘴，笑着对他做了个"谢谢"的口型。左司辰显然是看懂了，却酷酷地耸肩，一副没什么大不了的样子。

夏暖见状，也冲他吐了个舌头。

左司辰诧异地一愣，随后望着她，两人相视而笑。

第十一章

"啊！你什么时候来的？丢脸死了。"过了一阵子，苏莞才闻到一阵随风传来的饭菜香，回身惊讶地发现左司辰就站在后面，一声不响地看着她们两人，"暖，你怎么不告诉我！"

"好了啦，你丢脸的样子从小不知看到过多少次了。午饭时间都过了，刚刚精神紧张，现在放松下来一定饿了吧。我顺路去学校食堂打了点饭。"左司辰宠溺地揉乱苏莞的头发，将塑料袋扔进她怀里，然后又对着夏暖道，"哦，对了，刚刚我去了一趟你的宿舍，你舍友很担心你，说等你再好一些会抽时间来看你的。还有她说宿舍很宽敞，不急着把上次那些闲置的行李带走，可以先放着。"

"另外，你刚好忘带了你的手机。怕你无聊，给你带来了。"说着，左司辰掏出手机，放到床头。

"呵，幸好我没带出来，免了它的悲惨命运。"夏暖打趣一笑。

苏莞早已经打开塑料袋："哇，好香啊！真是饿坏了。暖，你要不要也来点，有你最喜欢吃的肉丝。"

"好。左司辰你也一起吃吗？"夏暖问。

"我要在这里待到叔叔阿姨办完手续，打点好住院事宜再走。我毕竟不用一定回家。倒是小莞，你再不回去阿姨恐怕要担心了。"左司辰点点头，拍拍苏莞，"一会儿吃完饭就先回去吧。"

"可是我想守着暖！"苏莞急切道，"大不了我打个电话回去报个平安，然后我就住医院陪她。"

左司辰似乎还觉得不妥，待要再说，却被夏暖打断。

"好了，你们别争了，先吃饭吧，边吃边说，不然凉了。"

"我帮你把床摇起来。"左司辰走到床边，弯下身，将床摇到最合适的斜度，才坐回吃饭。

而苏莞一口一口喂着夏暖吃饭，看着她将汤吹凉再慢慢放到自己嘴边，夏暖不得不承认经历了这件事，苏莞的心比以前更细了，不再毛毛躁躁的。

左司辰很快就吃完了，看了看碗里剩不多的饭，道："我问过医生了，你有挂营养液，吃点东西只是不让胃难受，差不多够了。"

夏暖也觉得胃口不大，却又不忍心拒绝苏莞。苏莞却先开口："那就不要吃了。"

"要不要再睡一会儿？"左司辰看她从刚才开始就不怎么说话，略显倦意。

夏暖眨了眨眼，这是她的小习惯，不想或者不方便讲话的时候，稍微长时间的眨眼就表示同意了。她尝试过让别人明白她的意思，但都失败了，记得当时一个同学还很惊奇地问她："我在问你呢，你眨眼睛什么意思？"那一刻，她是失落的。

正当她反应过来自己忘了开口说话，想要出声的时候，左司辰却点点头应道："好。那我帮你把床摇平。"

夏暖睁大了眼睛，不敢相信，难道他明白她的意思？

"如果这么多年连这点默契都没有,那也太差劲了。"左司辰并不觉得这有什么好奇怪的。

苏莞的眼中却精光一闪,异常兴奋地问道:"左司辰,那你说说看,暖还有什么类似的习惯?"

"有啊!"左司辰继续摇着床,对苏莞的提问不以为然,却还是回答了,"比如她紧张的时候会抠手指,心虚的时候会一直把头发往耳朵后面掖,还有出神太厉害的时候,或者是难过的时候都会咬嘴唇,太多了,说不完。你和她这么好,难道都没发现吗?"

苏莞挠挠头,冲夏暖使了个眼色:"那个,我不是粗心嘛。我先走了,等明天做好长期准备,再来陪你。"说完,就跳着小步离开了。

"她怎么了?"左司辰有点反应不过来,刚刚不还赖着不肯走吗?

夏暖淡淡回答道:"没什么。"

左司辰从中听出夏暖的不寻常,却想不出为何她又突然有了心思,刚才不是好好的吗?

"你睡吧,有事叫我。"左司辰说着起身,"我去门口等叔叔阿姨来。"

夏暖闻言闭上眼,没有再回答,手却在被子下握紧。直到听到门被带上的那一声清响,才睁开眼,复杂地望着关上的门。

这就是你的用心吗?虽然不曾刻意关注却已经在岁月中将这些铭记,刻骨到以为是与生俱来的了吗?

夏暖又欣喜又害怕,她真的可以如此幸运地得到这份爱吗?左司辰早已不是当年那个嬉笑顽皮的小男孩了,他的稳重已经超出了她的想象,可他待她,却是始终不变。夏暖觉得这种陌生又熟悉的感觉，才是最致命的。

　　想着想着，倦意铺天盖地地压下来，容不得她想个明白，就睡了过去。

　　第二天，旭日东升，一切似乎都没有改变，昨日种种不过是一场梦魇而已。

　　夏暖从醒来开始就不停地有人来看望她，林黎是来得最早的，一向安静的她今天陪夏暖说了许多话，夏暖明白她的想法，却直到她离开都不曾点破。

　　林黎是多么敏感细心的女孩，即使她不说，又怎么会看不出这些天，这些事的微妙呢？可夏暖却是下定了决心，不论对谁，她都只会告诉他们："我是不小心才被撞的。"她不希望苏莞带着这份负罪感走太久，太远。

　　然后是父母、苏莞和左司辰是一起来的，他们一起准备了住院可能需要的所有东西，苏莞还把她最宝贝的笔记本带来给她，说是知道她离不开网游，给她解闷。

　　夏暖笑着收下，果然还是苏莞了解她，这正是她现在最需要的。

　　"我和叔叔阿姨说好了，以后每天放学就来这里给你补课，也可以接他们的班，他们上一天的班，还要赶来一趟，正好让他们回家休息。我待到你快睡的时候再走。"左司辰坐下来，对夏暖道。

　　"爸妈，你们不用天天过来的，我也没什么事情，就是行动有些不方便，有事我会请护士帮忙的。"夏暖觉得不妥，"左司辰，这样会不会也太麻烦你了？"

　　苏莞抢道："对了，阿姨，我也可以来陪暖。至于左司辰嘛，没事，他精神好着呢。"

左司辰一听觉得苏莞的势头不对，连忙接道："我住校外，又一个人，什么时候回去都一样。倒是小莞还是周末来就行了，毕竟你住宿舍不方便，会过了门禁时间的。"

"行了。小暖有你们两个好朋友真是有福气，我和她爸爸轮流，谁有时间，就一定会来的。司辰说得对，小莞毕竟是女孩子，晚上不方便。"夏暖的妈妈阻止了他们的争论。

"可是是我害——"

"莞！"夏暖急急打断她，又觉得太突兀，只好随便编了个理由，"你不是说还有悄悄话要和我说吗？"

"呵呵，那你们几个年轻人聊吧。"夏暖的妈妈一脸笑意，全然没看出三人眼神中的不寻常，拉着她爸爸就走了，"我和她爸爸到四处转转，午饭的时候带吃的来。"

"暖，你为什么……"两人一走，苏莞就等不及开口了，这是自己的错，自己有责任承担。

"这件事，我们三个人知道就够了。莞，我不想你总把'是你的错'挂在口上，这只是次意外。这次是你遇到危险，下次若换作是我，我相信你也会为救我不顾自己，不是吗？所以这件事就别再提了。"夏暖拉过她的手，柔声道。

手机在这个时候响了，是夏暖的，是一串陌生的号码。

"你好，请问哪位？"夏暖接听后问道。

"我是王律。"对方无语片刻，才回答。

夏暖下意识地望了苏莞一眼，才接着问道："哦……请问，有什么事吗？"

"我要走了，现在我在机场，要离开这座城市了。"王律听着夏暖客气又疏离的语气，自嘲一笑，一步一步走向入口，"你不用说话，听我把话说完就好。我已经知道了昨天的事，所以我才连夜决定离开。我想，我已经没有资格和立场再出现在你和小莞面前了。但是，我离开，不代表我不够爱你，只是我输给了另外一个人对你的爱。"

"希望你早日康复，再见。"王律说完，却没有回应，手渐渐放下，正当他以为再不会有回答的时候，却突然听见话筒那边传来夏暖的声音，"王律，谢谢。我也祝你幸福，希望你再回来的时候，能带着属于你的幸福一起回来。再见。"

"八点十分飞往加拿大的航班即将起飞，请乘客尽早登机。"

唇边勾好看的弧度，王律关了手机，最后望了眼这座城市，然后转身，上了飞机。

夏暖，希望我再回来的时候，也能看到幸福的你。

"是王律。"夏暖挂了手机，正准备编些安慰苏莞的话，"他说他走了。但他说……"

苏莞却先一步拥住她，在她耳边呢喃："暖，不需要的。不需要为我撒谎，不需要为我承担，我很清楚王律不会对我做出任何承诺。我已经决定了，忘掉他，然后重新开始。我不相信，我没了他，还就不能活了。"

是啊，没有谁离了谁就不能活，只是在于活得快不快乐，好不好而已。而这却恰恰是人活着最重要的东西。

"你确定吗？"

"我确定！"苏莞目光灼灼，坚定地直视夏暖。

一旁一直沉默的左司辰突然开口，望着苏莞的眼中带着鼓励："我信你。"

苏莞伸出一只手放在三人中间："来，为我加油吧！"

夏暖和左司辰对视一眼，笑着同时将手叠在苏莞的手上。三个人的手交握在一起，画面说不出的和谐，左司辰的温热，夏暖的细腻和苏莞的可爱重合在一起，传递着彼此的心意，订下盟约。

他们三个人，不论未来如何都要相互扶持，永不分离，永不相弃！

"加油！"

"加油！"

"加油！"

"哈哈哈……"对，他们都要加油，都要努力，让自己更幸福。

接下来的日子，夏暖以为是她有史以来过的最平静却美好的一段时光。隔壁床住进了一个五六岁大的小姑娘，听说因为小时候用药不当的原因失去了光明，最近正好有匹配的眼角膜就抱着一线希望来做手术。

小姑娘很乖巧懂事，不吵不闹，夏暖总愿意在她父母不在的时候将她搂在怀里，陪她讲话，她总是咯咯地笑，问说："夏姐姐一定很美吧？"

"小若也很漂亮啊，长得和芭比娃娃一样可爱。"夏暖笑眯了眼睛。

小姑娘却天真烂漫地问了一句："姐姐，芭比娃娃长什么样子啊？"

夏暖突然觉得眼里热热的，那么小就失去光明的小若，想是连芭比都没有来得及见过吧。"就是有大大的眼睛，小巧的嘴巴，一头金黄色的长长的长发。只不过，小若的头发是乌黑的，但也一样漂亮。"夏暖试着描述。

"夏姐姐，你真好。"小若嘟着嘴，将脸埋进夏暖的肩窝，"好多人，都嫌我麻烦，说这个也不能想象出来，那个也要问长什么样子。"

"没事了，很快小若就能亲眼看看这个世界了。"夏暖看着小若委屈的样子，不由想起了曾经的苏莞，浅浅一笑，轻拍着她的背。

"真的吗？"

"真的。"

"我相信姐姐，我一定要第一眼看到姐姐的模样……"

夏暖低笑一声，发现怀中的小女孩已经沉入梦乡，想是有什么好梦，脸上带着笑呢。

"夏暖。"左司辰按时来了。

"嘘！"夏暖用目光示意左司辰小若睡着了，"轻点。"

左司辰说着小心地接过小若，压低声音说："我抱她回床上吧。"把她放到床上，又盖好被子。回头见夏暖正温柔地望着小若，也暖暖一笑，随后玩笑道："你这样子，倒是像想要当妈妈了啊！"

"什么啊！人家叫我姐姐！"夏暖嗔了他一眼，复又低头喃喃自语，"奇怪，你怎么和他说一样的话……"

"你说什么？"

"啊，没什么。我们开始吧，今天的课程。"夏暖自觉自动拿出书和笔，一派专心听老师讲课的样子。

左司辰摇头失笑，也翻开今天的笔记。

时间在一行一行的文字中穿梭得很快，两个小时很快过去了，夏暖和左司辰两人又都是定得下心的人，所有一点也不觉得有多漫长。其间，左司辰干净的嗓音在病房中平稳地响着，夏暖偶尔低低地应几声，然后是笔在纸上划过，发出轻微的沙沙声。有时两人正好同时抬头，相视一笑，仅有的疲惫也一扫而光。

"好了，今天这样就差不多了。时间也不早了。"左司辰一边收拾一边说。

"左哥哥要走了吗？"耳边突然响起脆脆的童声。

"是啊！是不是我的声音吵到小若了？"他走过去，怜爱地摸摸她的头。

她用力地摇头，脆脆地说着："不是的，哥哥的声音好好听，像歌一样好听。姐姐的也是。"

"哥哥，你以后别总在我睡着的时候来啊，这样我每次都见不到哥哥。"她又说。

"好了，小若，别攀着你左哥哥的袖子不放了。他还要回家呢，很晚了。明天，他一来，我就叫醒你，好不好？"夏暖哄道。

"好。"小若很高兴地应下，脸上却浮现出促狭的笑容，"姐姐和哥哥是男女朋友吧！"

"小若，你说什么呢！"夏暖脸不由一红，"别瞎说！小孩子懂什么男女朋友？谁教你的？"

小若却一脸正经，不死心地接着说："爸爸妈妈教我的呀。虽然我看不到，但他们对彼此说话的口气，我听得认真。你们的也一样！"

两人尴尬地对视一眼，最终左司辰无奈地说："小若，别闹了。不然哥哥要生气了。"

"唔……好吧。"小若失落地低下头。

左司辰又笑着摸了摸她的脑袋，说了声晚安就离开了。

可那天晚上，夏暖哄着小若睡下以后，她自己却睡不着了。听说眼睛看不到的人，听力会特别灵敏，小若说的是真的吗？转念又暗骂自己无聊，一个五岁小孩口中的"爱情"能当真吗？

嗯，是不能当真的。

第十二章

小若的爸爸妈妈陪她去做手术前的最后一次检查，夏暖一个人待在病房里，打开苏莞带来的笔记本电脑，上了"梦幻国度"。角色已经四十级了，一般的地方她都可以闯了，于是挂着机打怪，她开始寻找 Exclusive Angel，他为了帮她练级，这段时间以来的级别进展缓慢，只升到四十五而已，

等了一会儿，发现没有回应，夏暖正纳闷，却因为突然想起什么而暗自笑了。今天并非周末，又是上课时间，他怎么可能在呢?

独自又在游戏上徘徊了一会儿，感觉没有 Exclusive Angel 的"梦幻国度"似乎很陌生，仔细想来，她自己真正投入到这个游戏中的时间其实很少，练级是 Exclusive Angel 帮忙的，而自己上线，也只是为了和他聊天而已。

索然无味，她关了游戏，打开博客，开始把这些天的经历和感受细细地记录下来:

车祸发生的那一刻，我一度以为自己已经走到了生命的尽头。但是我并不后悔，因为如果一定要有一个人离开，我会选择让莞

留下……

在昏迷之前，我想起了好多人，都是我爱的，和爱我的人。我那时候就想，如果我有幸能够活下来，我就一定要把曾经不敢对他们说的话，不敢和他们一起做的事都完成……

我是一个不够勇敢的人，很多感情都只能放在心里，车祸至今，我想明白了很多事情，所以这一次我想要试一次。如果这真将会是我的幸福，希望上苍能够保佑我成功。

浅浅一笑，点击了提交，这将会是记录她勇气的一篇文章。明天就是周末了，她就要试着去握紧手中的幸福，希望他不会介意自己意识到得太晚才好。

就在这样害怕而又期待，欣喜而又忐忑的心情下，夏暖度过了人生中情绪最复杂的一天，甚至连左司辰为她补习功课时，她都有些许分神。就连小若也拉着她的手抗议，"姐姐，你今天怎么都心不在焉的？"

夏暖笑着亲了亲小若光滑的脸颊，什么也没说。但是她现在终于能够体会到，当初苏莞对于王律的那一份感情了。

果不其然，周六的晚上，夏暖在QQ上等到了 Exclusive Angel："Hello！"

"Hi！你今天怎么抢了我的台词？"

夏暖扑哧一笑，知道他指的是什么："我偶尔也不那么懒，多打几个字母的时间还是有的。"

"嗯。"他只简单答了一个字。

"你在想什么？"他今天似乎不那么健谈了。

"我在想，你的内心是不是寂寞、胆怯又自卑。"

夏暖一呆，随后打字道："我相信这些是以前了。"是的，以前，因为她相信过了今天，如果他能真正走进她的生命里，就再也不会寂寞、胆怯又自卑了。

"我有话和你说。"两人几乎同时发出。

夏暖依旧浅笑着，继续打字，当她准备按下回车的时候，她的手指停留在了半空中，直直盯着屏幕，不敢相信。

可屏幕上却清清楚楚地显示着："我不再玩'梦幻国度'了。我已经把号送给我朋友了。"

苦笑，原来早就有答案了呢。夏暖看着闪烁的光标，一字一字将尚未发出去的那句话删掉。"我好像喜欢上你了"，还好他快了一步，否则同时发出，该是多么可笑啊！

"这样啊……"

"因为高考的关系，可能我以后也都不会上网了。"

心钝钝地痛着，她不知道自己为什么会有快要窒息的感觉，只想快点结束这样的对话。

"其实我也是想和你说，我不打算再玩游戏了，一来腻了，二来也太影响学习了。"夏暖很清楚自己在说什么。

"那……今天是最后一次聊天了。"

"是啊。"

她的手停在键盘上，不知道该打些什么字。以前她和 Exclusive Angel 一起聊天时，从来都不会这样相对无言，看来是真的到了分别的时候了。

"那，再见。"她艰难地打下这几个字，然后死死地盯着对话框。她的骄傲不允许她说出任何挽留的话语。

"好，再见。另外，祝你早日康复。"Exclusive Angel 说完，就下线了。

夏暖狠狠地向后一靠，这是 Exclusive Angel 第一次先下线，原来看着对方的头像先变得灰白，是一件如此辛苦的事情。

很久都没有动，她不愿意相信他们之间就这样简单的结束了。可是，一分钟、十分钟、半小时，过去了，Exclusive Angel 没有再上线，她最后的希望彻底落空。

她突然神经质地登录了 Exclusive Angel 的 QQ，然后再在自己的 QQ 上看着他的头像变成彩色。又立刻甩甩头，同时关掉了两个 QQ，急急打开'梦幻国度'，去了他们每一个经常去的地方，却找不到一点关于他的痕迹。

夏暖咬着嘴唇，却又猛然想起什么，退出游戏，打开了 Exclusive Angel 的空间。窗口中出现一个问题："你是谁？"

犹豫片刻，她慎重地打下两个字，那是只有他取笑她时才会叫她的"猪头"。

空间打开了。夏暖的心跳漏了一拍，而当她打开日志列表，翻看每一篇日志的时候，她终于忍不住落泪了，一大滴一大滴的泪水砸在键盘上，啪嗒啪嗒。

所有的日志记录的只有一个主题，那就是她和他在'梦幻国度'中的每一句话，每一个场景，每一件事。从龙隐村到长乐城，从东芝麻到晶贝场，各种各样的任务，还有他们一起种下的那一棵树……

原来她是这么的粗心，为什么从没有想过要到他的空间看一看呢？哪怕再早一些，或许他今天就不会选择放弃了。

不为了级别，那你为了什么呢……

我想……我现在还有些不确定……

我以后赚好多好多的钱，都给你花，好不好……

　　我知道。所以我永远不会让暖暖等待我，即使我真的迟了，也请相信，那只是一个转身的错过而已……

　　他的话渐渐在夏暖的脑海里浮现，这么明显，呼之欲出的感情她竟然就那样轻描淡写地忽略掉了。难怪，难怪他最后会放弃。

　　双手掩面，夏暖没有力气再看下去，纵使她再好强，这一刻也只能无比脆弱的像所有女孩一样哭泣。

　　他不是为了升级，而是为了她啊！现在知道，却已经太晚了。

　　Exclusive Angel 的空间里只放了一首歌，一个女孩略带沙哑的声音在浅唱低吟着：

> I am a big big girl
>
> In a big big world
>
> It is　not a big big thing if you leave me
>
> but I do do feel
>
> that I too too will miss you much
>
> miss you much...
>
> I have your arms around me ooooh like fire
>
> but when I open my eyes
>
> you are gone...
>
> I'm a big big girl
>
> in a big big world
>
> It is not a big big thing if you leave me
>
> but I do do feel
>
> that I too too will miss you much ...

Exclusive Angel，真是糟糕呢，我们现在的错过，似乎已经远远超过一个转身的距离了。

Exclusive Angel，专属天使，她早该明白了，不是吗？

"夏姐姐，你怎么了？你在哭吗？"小若稚气的声音在身边轻轻响起。

夏暖在这一刻很庆幸小若现在还看不到自己狼狈的模样，调整了自己的情绪，说道："没有，只是看到了一些很让我感动的东西。"

"让姐姐感动？"

"对啊！"夏暖擦去眼泪，握住小若的手，"有一个人很爱姐姐，为姐姐记录下了我们爱情的一点一滴，姐姐却太粗心，到了今天才看到。"虽然不知道小若能不能全然听懂，但她还是说给她听了。或许她现在需要的就是一个听不懂她的倾听者。

小若一脸的茫然："然后呢？"

"然后那个人以为姐姐不接受他，就离开了，也许再也……不会出现了。"夏暖知道她的听力很好，却还是忍不住哽咽了。

"姐姐还是哭了。"小若跟个小大人一样皱起了眉头，沉吟道，"既然是这样，姐姐为什么不去追回他呢？"

"呵。"夏暖没有再回答，只是默默地从电脑里删掉了'梦幻国度'，再合上。

有些东西，错过了，就再难追回了。是她生生推开了Exclusive Angel，那么所有的痛苦就由她一个人来承受就好了。

小若小小软软的身体窝进了夏暖的怀里，带着压抑着的不安："姐姐？我明天就要做手术了。"

"没事的，姐姐会去给你加油的。别怕。"夏暖轻轻拍着她，一直重复着，"没事的，没事的……"

　　晚上，小若已经提前进入手术观察病房了，左司辰依旧按时来了，却没有马上拿出一天的功课。"夏暖，如果今天不想上课，我们就不上了。"

　　"嗯。"她闭着眼，靠在床头，苏莞的笔记本已经在她中午来的时候还给她了。

　　当时苏莞还很惊讶："怎么了？难道电脑坏了？"

　　"没有，好好的。只是我不想再玩了而已，所以用不到了，就还你了。"夏暖的说辞让苏莞将信将疑地收下了。

　　"如果难过，可以不必这样撑着。"左司辰的声音又响起了。

　　夏暖继续闭着眼，睫毛却几不可察地颤了颤："我不难过。"

　　"你在难过！"他的声音不禁大了些。

　　她惊讶地睁开眼，这么多年来，左司辰如此坚持较真却是少见。

　　"左司辰？"

　　"对不起，我不该朝你吼。我只是希望你不要把所有情绪都压在心里。"他偏开头，转而又似下定决心般，回头直视进她的眼底，"我记得，你上次在 COOL 对小莞说，希望她比你过得更幸福。所以你很辛苦吧，那么就需要一次发泄，哪怕只是痛快地哭一次也好。"

　　"左司辰，对不起。我对你……"

　　夏暖还没有说完，他就打断了她："这和我有什么关系吗？你难过，你高兴，你想哭，还是想笑，和别人有关系吗？为什么总是凡事先考虑别人呢？你是在为你自己活着，不是吗？"

　　她启唇，来不及说什么，就已经被哭声抢先一步："左司辰！"一切仿佛又回到了那个黄昏，她以同样的心情扑进了他的怀中。

　　"暖暖。"左司辰牵牵嘴角，伸手揽住她。

这一声"暖暖"更加让夏暖想起了 Exclusive Angel，好不容易压制了一个下午的情绪都爆发了出去，于是她在他的面前又一次放声痛哭，不成样子。

不过，有什么关系呢？反正已经不是第一次了，脸都在左司辰的面前丢尽了，还考虑那么多做什么呢？她这样说服着自己，然后就更觉得全无顾虑了。"左司辰，我好难过！我真的好难过！我好像错过了很重要的人，你知道吗？"

"那种感觉，这么多年来，从未有过……"

她听见左司辰在她耳边的一声轻叹，却没有下文，只是一下一下地拍着她的背，安抚着她。

不知道过了多久，哭声渐渐低了下去，夏暖却依旧靠着左司辰的肩膀，沙哑着声音道："左司辰，你的肩膀靠起来倒是挺舒服的。"

他轻笑："呵，有心情嘲笑我了？"

"我说的是实话。谢谢你，左司辰，每次都这样包容我。真的好苍白呢，可是我所能做的，就只有对你说这三个字而已了。"夏暖抬起头。

左司辰先是一挑眉，随即低头与她的目光相对："什么意思？"

"左司辰，至少，我现在还没有办法给你任何回应。因为，我真的不确定，他未来会藏在我心里多久。"夏暖觉得有些东西该早些说清楚。

左司辰低低一笑，没有表态，只是笑骂着："真是傻瓜！"

她迷惑着看着他，可他却重新抬头望向了窗外的星空，不知道看什么竟看得出神。直到她以为他不会再说话了，他才开口："我没想过所谓回应这类的东西。所以你不需要和我解释任何事情，只要做你自己想做的就好。"

"左司辰……"

"嗯？"

"还是谢谢你。"夏暖笑着合上眼睛，在他的肩膀处蹭着，仿佛是要找到了最舒服的位置以后才肯停下，"我再睡一觉，然后天就亮了。明天，应该都会好起来吧。"

"是，都会好起来的。"左司辰郑重的语气像是诺言一般。

夏暖轻笑一声，说不出什么心情。或许他说的没错，明天一切都会好起来，可是这场错过却是再也无法改写了。

王律错过了苏莞，她错过了 Exclusive Angel，而她和左司辰甚至还来不及擦肩而过，就已经被她远远避开了。

第二天，小若的手术很成功，医生说如果没有意外，五天后就可以重见光明了。她的父母当场泪流满面，而小若在知道后，也开心得哭了。

失而复得的喜悦和复杂的心情，是任何人都无法感同身受的。

夏暖在小若手术后的第三天也拆线出院了，临走前，小若硬是抱着她不肯撒手，不舍道："我不要姐姐走！我还没有看过姐姐的样子呢！"

"傻丫头，这世界还有很多东西等着你去看呢，小若会发现他们都很精彩的！"夏暖眼里也噙了泪，却笑着安慰她。

"不会的！"小若还是不肯放手，最后她的父母无奈之下只好将她拖离夏暖，并向夏暖连连道歉。

夏暖冲他们微笑着告别，然后拉着行李离开了。

"左司辰，你说人的一生是不是存在着很多的遗憾？而且很多，都往往无法弥补。"看着久违的蓝天白云，红花绿草，她心中不禁感慨，差一点，她就再也看不到了呢。

"是。压抑自己本身就会造成遗憾。"左司辰语调平平。

夏暖知道他意有所指，苦笑道："我知道，可是我已经习惯了凡事先考虑身边的人，你总得给我些时间慢慢改过来啊。"

"暖？"苏莞探到夏暖肩头，"我拍你，你怎么没反应啊？你在想什么？"

她诧异地问："你拍我哪里？"自己刚才分明不曾出神啊。

"我刚刚拍你背呢。你手机差点又忘带了。"苏莞没有察觉异样，只是睨了她一眼，将手机放进她手里，"下次别再忘了。"

夏暖接过手机，沉默地颔首，双眉却在低头进车之时深深锁紧，为什么自己会对苏莞的触碰一点感觉都没有？

"你怎么了？"左司辰有点紧张地握了握她的手。

她下意识猛地收回手，跳出沉思，又觉得刚才的反应似乎太过了，急忙抱以歉意一笑："没事。只是出神了。"

"那快进车吧。"左司辰也没有追问。

"嗯。"夏暖低低应了声，虽然在途中偶尔说几句话，但依旧显得心事重重。她为了证实自己的猜测，尽量不着痕迹地用手触碰自己的背，却发现伤口附近的地方竟然对于一般轻微的接触完全没有了感觉。

当她意识到这一点时，全身一震。

苏莞问她："你怎么了，脸色那么难看？"

"不，没什么。"夏暖短时间内还无法接受，所以并不想讲话。看来有些遗憾，是真的无法挽回了。

"暖，你是不是还在怪我？"苏莞小心翼翼地问她。

夏暖这次只是摇头。

苏莞还欲再说话，却被左司辰拉住："别问了，她不是怪你。"

夏暖感激地冲左司辰一笑，左司辰却道："你总算不再为难自己了，这是好事。慢慢把坏习惯改过来。"

她闻言一怔，是吗？换做以前，自己一定是无论如何先安抚苏莞吧？这样的变化是好还是坏呢？她摇摇头，靠着椅背，闭上了眼。

"啊，原来是困了。"她在闭眼后不久先是听到了苏莞轻声喃喃，后又是左司辰那不置可否的低笑，心情更是复杂。

林黎说的对，苏莞终究只能在自己身边陪伴自己，却不够懂自己。而真正懂自己的人，却无法陪伴在自己身边呢。

偷偷伸手，握住苏莞的手，能想象到她惊讶的表情，唇边勾起笑。这样就够了，苏莞不够懂自己没有关系，最重要的是，她能给自己带来纯粹的快乐。

卷三　会长大的幸福

我想，有一种幸福，是最美丽的幸福。

那就是任时间流逝，

你的手依旧和你深爱的人的手牢牢牵着，

以前不曾放开，将来这一辈子也都不会再放开。

这就是，会长大的幸福。

所以，请你，永远不要松开我的手，

请你给我，会长大的幸福。

——夏暖的博客《会长大的幸福》

第十三章

　　半个月的痕迹似乎并不明显，不过是铅笔在白纸上轻轻划过，留下浅浅的一条细线，甚至可以不用橡皮，就会在不知不觉的接触中被打磨消失。

　　夏暖回到校园的时候，那条线似乎已经被磨得差不多不见了。同学除了在第一天给她送上了一些出院的祝福和礼物之外，和她相处时都是一切照旧的。

　　夏暖经过这次生死之间的徘徊，更加珍惜身边的人，以前不怎么亲近的同学也愿意主动地多交流，关系不错的，就更加的亲密。苏莞还和以前一样每天中午和她一起去食堂，只是少了曾经王律等待在班外的身影，替代的另有他人，那就是左司辰。

　　起初，夏暖可以很清楚地看到苏莞每次发现那个身影不是王律而是左司辰时的失落，可慢慢的，她发现那些失落不见了。只是她无法确定，是真的消失了，还是被藏得更深了。这么多年的用情，又怎么能是说放下就放下的。

　　只是苏莞不说，她也不说。

三个人在一起吃饭，大部分时间都是在听苏莞说笑，左司辰偶尔充当夏暖和苏莞捉弄的对象，他们都很默契地对那场意外避而不谈，也包括与那意外有关的人和事，也一律不谈，所以大部分时候他们都有说有笑，过得平静却充实。

只是每每当夏暖要去食堂的时候，总会想起曾经有人会因为担心她的胃，在 QQ 上催她去吃饭。又会在偶尔复习累的时候，想起有人曾经告诉过她，每个人都一样，没什么好抱怨的，高考是个坎，也总要过。还会在周末等待公车的时候，想起有人答应过她，不让她等待。

夏暖突然觉得一个人的感情真的很奇妙，原本 Exclusive Angel 还在的时候，自己还不觉得。现在他离开了，自己反而觉得他是那样的无处不在，似乎不论哪一件事情都能让她联想到他。

想到这里，正捧着咖啡在喝的夏暖突然轻笑起来。

"夏暖。"坐在她旁边的正是孙佳佳，今天她们约好晚上一起到图书馆看材料。

"怎么了？"夏暖转头问。

孙佳佳似乎很为难，犹豫再三才用试探的语气开口："夏暖，我觉得，你最近好像变了很多。"

"最近？"夏暖挑眉。

"就是……就是你出院回来以后，变了好多。"孙佳佳开始试图描述夏暖的变化，"以前，你虽然也对每个人很好，别人请求很少不帮忙，也总是对人笑，却总是和人保持不近不远的距离，我都总觉得那笑太遥远了，而且从前你的情绪似乎都淡淡的。"

夏暖很认真地听着，沉吟片刻后继续问道："这样啊。那现在呢？"

"现在好像离我们更近了，笑容也变得真实了。你知道吗？就最近几天，你开怀大笑的次数比以前你一年的还多呢！"孙佳佳话锋一转，"不过，你最近也经常一个人微笑，好像总会突然想到什么很高兴的事。"

"是吗？"

温热的咖啡冒着若有若无的热气，和皮肤接触时总觉得痒酥酥的。轻抿着浓郁飘香的咖啡，整个人都放松下来。望向窗外的满天繁星。那样美的星，如此亮的星，似乎确凿是她的曾经，他们初见时，他送给她的那场流星雨。

"我只是，想到了一段很美好的时光和陪我度过的人而已。"夏暖的目光和声音都变得纱远，沉静却又无法触及。

孙佳佳虽然听出点不一样的味道，却不做过多的追问，因为她很清楚，夏暖不想说的事，任何人都问不出来。

"好了！"夏暖猛然拍了孙佳佳一下，似乎从刚才的回忆中醒来，"我看你再这样坐下去也看不进什么东西，不如我们回宿舍上网吧。"

"啊，你都知道啊？！"孙佳佳挠挠头，不好意思地笑着，"其实我一直很佩服你，怎么可以长时间地集中注意力在同一件事情上。"

夏暖伸手敲敲她的书本，睇了她一眼："还说呢！你看，书都看倒了。我能不知道吗？"

孙佳佳彻底开始打哈哈，还一边把夏暖拉离座位："啊哈哈，那我们回去吧。"

夏暖无奈一笑，跟在她后面走。想起她刚才说的话，不由低头："你知道吗？其实，我有一段时间是一点都不专心的。如果不是他的出现和他的离开，我就不会是现在的我了。可我到底该不该感谢他的离开从此让我远离网游呢？"

"什么？你说什么一大长串的？"孙佳佳回头。

自嘲地一笑，摇摇头，她透过孙佳佳看到她身后的宿舍楼，或明或暗的光晕从一个一个的窗口中透出来，在寂寞的夜色里开起一朵朵暖色的花朵，指引了每个夜行人回家的路。他对她说过，他会永远都在，永远都陪着她的。可是现在呢？哪一盏灯才是他存在的证明呢？

"走吧。"

不论他此时身在何处，在做什么，都不再是她能够参与的了，不是吗？现在的她，只能够期待，高考过后，他们是否有缘还能重逢。

经过无数次削尖的铅笔，用它的身体在白纸上沙沙地留下痕迹。在黑夜里显得微弱的淡黄色灯光，暖暖的。日子像是每个夜晚在草稿纸上一遍一遍地重复演算着题目，一份又一份的模拟卷和一次又一次的模拟考。

好在这样的日子并不是那稿纸上的圆圈，找不到起点，也找不到终点，无始无终。

夏暖、苏莞和左司辰三个人都顺利地考入了全市最好的大学——岩大，也进入了自己理想的科系。收到录取通知书的那天，三人疯狂地在街上奔跑、嬉闹，大声笑着、叫着，夏暖也难得放纵了自己一次，因为这是他们应得的放松。

这个坎，终于还是迈过去了不是？

自从进入大学，夏暖觉得生活比高中时候惬意多了，学校的管理和学习节奏也人性化了许多，很多都可以任由自己安排调整。生活变了以后，整个人的心情似乎也都变了，感觉轻松不少。

于是，她开始满怀期待地全天挂着 QQ，等待 Exclusive Angel 上线。可是，日复一日，他的头像依旧灰白，期望变成失落，最后变成了无望。

可夏暖承认她还是不死心，她并不担心等待变成一个习惯，尽管那是一种可怕到一旦染上就很难戒掉的习惯。

"夏暖，你帮我看看这篇文章好吗？帮我看看够不够当文学社的敲门砖。我用邮件发到你邮箱了。"说话的是夏暖大学的室友赵谣，她是个文学迷。还有另外两个室友分别是历史系的孙洁，外语系的郭研筱，都是很好相处的性格。

"好啊！我收到了。"夏暖打开邮件，下载了附件，"其实我也不能下什么定论，只能帮你参考下。"

赵谣只当夏暖是谦虚："我相信你，没问题的！谢谢啦！"

夏暖无奈，大一的时候听说学校里的文学社很不错，还有办校刊，不仅在校内受欢迎，就连其他学校学生也很喜欢，所以就拿以前发表的文章去尝试，没想到社长亲自邀请她正式加入文学社，还要她做文学社的副社长。

于是，夏暖就成了校文学社的传奇，但副社长这个职务确实是个戏言，况且她自己也不喜，所以现在大二了，也只负责校刊的收稿。

"嗯。这篇小说的故事很吸引人，只是在文笔上还有待改进，抒情和描写都太少了，人物的刻画也因为故事的讲述而被忽略了。"夏暖很快看完了，转过身对赵谣说。

赵谣显得有点失落："啊，这样啊。"

"其实，修改一下，以后多注意，也不是什么致命的缺点。你有写作的能力，只是缺少练笔。"夏暖安慰道，"这样吧，你再稍微修改下，然后我帮你拿到文学社去看看。如果其他负责人认同，就可以入社了。只是要上校刊，还要再提高。"

"真的吗？那太好了！"赵谣激动地紧紧抱了夏暖一下，"能先入社我就满足了。"

夏暖有点不适应，正想推开她，手机先响了："学长？"

赵谣知趣地退到一边，开始投入到修改工作中了。

"夏暖啊！十万火急！你现在手头上还有没有五千字左右的小说？"话筒那头的正是文学社社长严若明，能让平时慢性子的他这么火急火燎地说话，看来真不是小事了。

"没有了。"夏暖不明白出什么事，这么着急要稿，"怎么了？"

"再没有稿子补上来，我们校刊就开天窗了。"严若明不满夏暖平淡的语气，开口就把最严重的后果给说出来了。

夏暖的思想有一刻停摆，他说话也太挑重点了吧，看看手表，下午两点，还好整个下午都没课，晚上再看社里的稿子还来得及，只是可惜了自己的悠闲时光啊。

"这样吧，我马上过去，你当面跟我说清楚。"夏暖说完就挂断了电话，提起包就出宿舍了。

到了文学社以后，严若明好似终于等到救星一般，又好像把夏暖当成了垃圾桶，狂倒苦水。听了半天，她才明白过来是怎么一回事，于是不禁暗自腹诽，堂堂文学社社长，表达能力竟然这么差，一件事情讲得支离破碎的。

"所以简单说，就是小颜那里出了差错，稿子到要排版了才发现根本少了一篇，然后你要我来补他的漏洞？"夏暖抚额。

"我也是没办法。他这周有个很重要的考试，我也不忍心责怪他。可我自己比较拿手的是评论性的文章，小说写得不尽如人意。其他人又……总之，我想来想去只有你能胜任了！"严若明一副非君不行的样子。

夏暖直摆手，推辞道："别，要是我手上有我就拿出来了，可现在我根本就没有啊。你让我从哪里变出来？"

"那……就马上写一个啊！救急！拜托了，夏暖！"严若明恳求道，"你也是文学社的一分子，总不能眼睁睁看着我们看天窗吧？"

"什么时候要？"夏暖自认倒霉，沉声问道。

"最好就在下午。你写出来以后，我还要负责校对和排版，然后再送去印刷。"严若明正色道。

岩大的制度很特殊，除了课堂以外，有意全面模仿社会环境，让学生提早适应。

所以像这类文学社、漫画社、话剧社等只要是有自己的产业的，只需在学生会会长那边通过，都是有批款下来的。经营所得除下归还学校的经费，可以自行支配，但是，风险也要自己承担，如果不叫好，只能自己倒贴钱了。

夏暖暗自松了一口气，向来从容不迫的社长终于回来了："我写完以后也留下来做一部分的排版吧，我本来就负责一部分。两个人的话，进度会快一些。"

"好，那你要在哪里写？"能得一个得力帮手，严若明脸上笑开了花。

夏暖指指靠窗边的那台电脑："这里两台电脑，你用一台先校对着，都对完估计我也差不多写完了。我用这台。"

"这么快？"严若明惊讶地顶顶眼镜。

　　夏暖却一点都不耽搁，一边将从包中拿出的 U 盘接入电脑，一边解释道："其实我是有构想的了，而且有了一千的底稿了。所以，四千字，三个小时足够了。"话音还未落，她的手指已经开始在键盘上飞舞了。

　　严若明有点恍然地看着夏暖，这个女孩似乎多大的问题都能顶上，并且解决，却偏偏又没有人会觉得，她是刻意而为的。若说当初的他只是因她的文字而一时冲动想让她担任副社长，那么现在他却更是看上了她的处理和应变能力。

　　想到这，他也静静地坐到另一张办公桌前校对起来了。毕竟时间紧迫，明天就是出刊的日子，他可不想自掏腰包。

　　一时间社长室中只剩下夏暖不停敲打键盘的声音，偶尔还有严若明发现错误时的翻动资料声。其间夏暖的手机响过一次，不愿太多分心，打断思路，她也没管是谁，接起来就是一句："您好，我现在有事，一会儿回拨。"

　　时间在一行一行的文字中流逝，终于，两个半小时的时候，夏暖站了起来，朝严若明道："我写好了，已经发到你电脑了。"

　　严若明不可置信地盯着夏暖，感叹道："哎，你还真不愧是天秤座的，听说这个星座的人都很有艺术才华啊！"

　　"学长，女生研究星座很正常，男生也挂在嘴边怪怪的吧？"夏暖扶额。

　　严若明随口说了句："我只是为了知己知彼嘛——"

　　"什么？"夏暖没听明白。

　　"啊——没什么，我只是觉得长江后浪推前浪啊！我有危机感了！"严若明意识到自己一时说漏了嘴。堂堂男子汉，为了追夏暖去研究她的星座确实是有点说不出口啊！

"好了！至少你用人是有一手的。"夏暖走出座位，扭了扭因为长时间保持一个姿势而僵硬的脖子，"刚才慌乱的样子都是装的吧，社长大人。论使唤人的工夫倒是你莫数，知道我吃软不吃硬，见不得别人困难。"

严若明此时的笑容在她看来和狐狸的差不多："哪里！你想多了。"

"不只我，社里其他人的弱点你还不是都了如指掌？"夏暖不吃这套，冷哼一声，又走了几圈，才坐回电脑前，"把对好的稿子传过来吧，排版还是我比较熟悉。"

"确实，那软件我还真用不顺手，音乐找起来也麻烦。"严若明老实承认。

他们社的杂志分实体和电子版发布，电子版都是由夏暖经手的。

夏暖懒得再和他废话，收到稿子就开始把没看过的挑出来浏览一遍，再开始逐篇地寻找合适的图片和音乐。

房间又安静下来，只有夏暖的试听音乐断断续续地播着。直到夕阳西下，夜幕四合，手里的工作才基本结束。

"我这边完成了。"夏暖最后检阅了一遍生成的电子杂志，心中十分满意。

"那你先回去吧。"严若明抬起头，扶了扶眼镜，笑道，"我来做收尾工作，今天真是麻烦你了。"

夏暖点点头，走上前去鼓励般地拍了拍他的肩膀："加油吧！明天希望能看到同样精彩的杂志。"

严若明苦笑，承诺道："好了，你就别寒碜我了。我保证，下次一定不让你来顶了！"

"就等你这句话了，你可别忘了。"她粲然一笑，提起包，朝他摆手后出了社长室，只留严若明一个人看着门口处出神。

低头看了看表，已经快七点了，她忽然想起刚才的电话，于是边走边拿出手机，一看才发现是左司辰："左司辰，下午你打过来的时候刚好文学社那边出了点意外，没时间和你说话，有什么事吗？"

"嗯，其实也没有什么，下月我们学校要和江大进行一次篮球比赛，企划部一致决定看能不能由你们社专门在杂志里加一篇报道。"左司辰经过将近两年的历练，如今也是越来越沉稳干练了，在学生会中担任企划部长，苏莞是他的副手。

说来，夏暖的成绩反而最小，只是个文学社的编辑。

"这个没问题。我和严若明说一声，这篇报道就由我来负责好了。"夏暖略一思索道。

话筒那边却似一阵沉默，突然问："你晚饭吃了吗？"

"还没呢。在社里一直忙到现在，都饿过了。"她无所谓道，"一会儿回宿舍吃点面包就好了。"

"以后还是要按时吃饭，你胃不好。"

夏暖一愣，没有答话。

"还在听吗？"

"啊，在听呢。我快进图书馆了，得挂了。"说完，夏暖竟有些慌张地不等他回答就先挂断了。

这句叮咛以前应该是谁和她说过吧？

胃不好，记得按时吃饭。当时，Exclusive Angel 是这么说的。

她自嘲一笑，将书和借书证一起从窗口递进去，最近还真是越来越能尝到牵挂和想念的滋味了呢。"你好，我来还书。"书是她下午出来的时候就带出来的，借了很久，却一直没时间看完，眼看归还的期限要到了，只能先还了。

"好了。"

夏暖含笑着点头，拿回借书证，收进包里，往宿舍走。

第十四章

"夏暖，你回来了。"夏暖一打开门，就闻到了饭香，赵谣第一个将目光从电脑前移开，探出脑袋和她打招呼。

"你们谁又买饭回来吃啊？上网也不带这么卖命的。"夏暖低头换拖鞋半嗔着道。她们宿舍一个个都是标准的网虫。

孙洁一向大大咧咧，连声音都比别人大些："还说呢！也不知道是谁的男朋友把饭都送到宿舍来了呢！"一边说还一边冲赵谣和郭研筱拼命挤眼。

"是啊！没想到你平时那么低调，原来比我们还早就有男朋友了，还不告诉我们。"郭研筱会意地接声。

夏暖有点摸不着头脑了，转头看向赵谣，不解地问："你们这是在说什么？"这三个人里孙洁和郭研筱都是话里有话的主儿，就赵谣算比较忠实于朴实的话语了。

"就是刚才金融系的系草兼高才生同学到我们宿舍来，给你送饭来了。所以我们推测他是你男朋友。"赵谣如实道。

"那是谁？"夏暖仍然一头雾水地问，一面还不忘走到书桌前看了看便当。嗯，不错，都合她的口味。

郭研筱抚额叹息："老天，你该不会不知道你男朋友是金融系的系草吧？啊？你知道不知道有一个叫做左司辰的人，就是他了！"

"对啊！对啊！他一进学校就取代了大三的学长成了新任系草。真是太帅了，倒追他的人一大堆呢！"孙洁点头如捣蒜。

"左司辰？"这回轮到夏暖抚额了，"你们别瞎说好不好，他又不是我男朋友，准确地说我没有男朋友。"她现在彻底相信苏莞告诉过她的话了：左司辰其实很帅。

转而她又摇摇头，她还是快点坐下来吃饭吧，这三个人定是不信的，不如少费口舌。于是手下打开盒子，拿了筷子就开始吃，虽然饿过了，但对着喷香的饭菜还是有一定食欲的。如果没记错的话，这味道确实是他的手艺。

"夏暖，我听说左司辰对那些女生的追求反应冷淡。你确定他不是你男朋友？"郭研筱突然认真地问她。

夏暖看着面前那双充满期待的大眼睛，点了头。

谁知她突然激动地抓住了她的手，兴奋道："呀！太好了！那你帮我撮合下我和他，好不好？自从我第一次看到他，我都暗恋他好久了！"

笑容有一瞬僵在脸上，随即她重新露出坦然的笑意："如果你真的需要的话，我可以帮你……嗯……介绍。"思来想去，怎么也说不出"撮合"两字，就改成了"介绍"。

"得了吧。"郭研筱变脸如变天，放了她的手，上下打量了她几眼，一副看穿她的样子，又转头对其他两人道："都看懂了没有？看懂了就继续玩吧。"

那两人颇有深意地点头，然后默契地重新将注意力回归电脑。

　　夏暖却纳闷了，她们看懂什么了？暗自失笑，随即忽然想到什么，腾出一只手拿过手机，写了条简单的信息：谢谢你的晚饭，很美味，下次我请你。

　　不一会儿就有短信回复，只是一个笑脸。她看着笑脸也会心一笑，果然左司辰还是很了解她的，这时候回一个电话在她心里就比不过这一个普通的笑脸。

　　把手机放到一边，迅速解决了饭菜，简单收拾过后就打开电脑。她还是照两年来的习惯挂上了 QQ，先看了一眼那个始终灰白的头像，这才打开邮箱开始看文学社的来稿。

　　她从来不怪他，是她先错过了他。其实早在两年前，他就已经讲明白，自己之所以始终认为他在高考后还会和自己联系，不过是想要在自己的心里留一个愿望而已。这个愿望可以永不实现，却没有办法不存在。

　　这些稿子或是入社的申请，或是投稿杂志的，夏暖总会很认真地看，然后回复，每周都有忙不完的事情。但她觉得乐此不疲，很是热爱现在的生活、学习和工作，再有文学社的这份工作经验，她是很看重的，未来就业就是资本了。

　　看了几篇，QQ 上有人叫她，是苏莞。

　　"暖，还在忙吗？"

　　"一点点，不是着急的事，你有什么事就说吧。"

　　"你怎么这样，我没事就不能来找你聊天吗？你现在这样还真有点职业女性的味道了啊！"

　　"你自己不也是，企划部副部长大人。"夏暖回敬她。

　　"你别嘲笑我了！不过，暖你自从上大学以后似乎比以前更开朗了，爱开起玩笑了，还老和我斗嘴。"

夏暖一怔，旋即释怀，或许是那次的车祸让她明白了生命的脆弱，又或许是高考结束，没了压力，自己心境轻松了不少，还有就是经过两年的等待，她渐渐看开了，自己是应该全力以赴地去过得幸福了。

"是吗？大概是换了环境的原因吧。"她终究不愿意多提旧事。时间虽然是最好的疗伤药，但有些心病却不是那么好治的。

"暖，我和你商量个事啊。明天周末，你要是没事，就我们三个一起去郊游吧。"

"我们三个？"

"是啊，我和你再加上左司辰。"

"我们两个就好了啊，为什么还把左司辰拉上？"

苏莞发来一个称得上奸诈的笑脸："你也不想想，我们去爬爬山、游游湖什么的难道不需要苦力给我们提包什么的？他就是最好的人选了，任劳任怨！"

"你也不能太欺负人家了！"

苏莞回了一个不屑的表情："他是好欺负的？哼，你没和他共事是太不了解他了，他狡猾得很呢。总之，我托你的福，这次要好好报仇，他这苦力当定了！"

夏暖识相地不继续争口舌之利，再说下去苏莞估计又要开始说左司辰对自己怎么怎么有意思了。

"好吧，你安排吧，我到时候出人就是了。"

"哈哈，那明天八点校门口见。"苏莞目的达到，就乖乖闪到一边开始玩游戏了。

于是夏暖差不多把稿子看完以后，又找了个轻便的背包出来，收拾了些必备品，这才去睡觉。

第二天，天气秋高气爽，空气清新怡人。

夏暖背着包往校门口走，身后传来招呼声："嗨，夏暖，早！"

她回头，发现江逸海正朝这里走来，江逸海正在读大三，是学生会的副会长。夏暖曾经在学生大会和文学社的工作上和他有过几次接触，彼此印象还不错，一来二去，也成了不错的朋友。

"学长，你好啊！"她注意到他也背着包，"学长这是要去……"

"这么好的天气，自然是去郊游。"江逸海笑得悦人。

"真巧，我们也要去郊游，如果学长没有伴，和我们一起去吧。"夏暖礼貌地发出邀请，本以为他定是和人约好的，不过客气一问。谁想他居然笑得一派自然："是吗？人多也热闹一些，我约的伴临时有事来不了了。"

夏暖暗自挑眉，平日觉得江逸海学长甚有兄长温文亲和的风范，今日怎觉得笑得如此……无赖？都怪自己又善心泛滥了。

"哦，那就一道去吧。"她笑得有点勉强，不知道苏莞会不会生气呢。只可惜泼出去的水，收不回来了。

两人到了校门口，苏莞和左司辰已经等在那里了。

"暖，你怎么还带了伴啊？"苏莞老远就看到夏暖身边还有人，冲她喊过去，可当人走近时，她顿觉尴尬万分，只因为那个伴是江逸海。

"嗯……这个……"夏暖一时不知道该如何说了。

江逸海却先出声，语气中满是歉意和征求："是这样，我原来约的伴临时有事不能来，我一个人落单，又遇见夏暖，就想和你们一起。如果你们不习惯，我可以自己。你们，不介意吧？"他虽然问的是"你们"，可眼睛却一眨不眨地望着苏莞。

苏莞被他这么一盯，竟有些脸红地偏开了头。

夏暖开始怀疑，有伴一说根本就是假的！

"逸海学长，我们当然欢迎你了。"左司辰伸手拍了拍江逸海的背，"来，走吧！"说着，目光在夏暖和苏莞两人之间一扫，就率先和江逸海离开了。

两个女生跟在后面，看着前面两人有说有笑的，看来关系不错。

"莞，怎么了？是不是不高兴多了一个人？对不起，都是我不好，我原本只是客套一下，没想到他真答应下来。"夏暖知道苏莞的心意，是希望三个人能聚聚，毕竟其他朋友和三人之间的感情是不能相提并论的。

苏莞有些迷茫地看着江逸海的背影，眼底竟带着愁绪，摇头说："不是，是我自己的问题。"

就这样，四个人各怀心思上了公车，到了郊区。

不知道是苏莞还是左司辰选的地方，风景真是不错。山坡不算陡，爬起来既能锻炼，又不太吃力。沿着山势流过有条小溪，溪水清澈见底，连游动的小鱼都能看到。

两个男生主动承担了负重的任务，接过夏暖和苏莞的背包。只是本来左司辰是要拿夏暖的包，江逸海也伸手到了苏莞面前了，却被苏莞抢先一步把她的包塞给了左司辰。

于是四人中有三个人都神色尴尬，当然不包括夏暖。

"暖，你看那边，多美啊！"

"暖，你快看啊！这片枫叶好不好看？我要把它带回去做书签。"

"嘿，暖，帮我拍张照！"

……

后来，苏莞在整个游玩的过程中异常兴奋，拉着夏暖跑这跑那的，远远地甩开两个男生，却苦了夏暖，于是她决心要搞清楚怎么回事。

午饭时间，四人找了个平坦的地方，摆了桌布，各自拿出准备好的便当和水果。

"呀，怎么水都喝完了？"苏莞突然问。

夏暖知道机会来了，对左司辰说道："我的也喝完了，左司辰你的呢？"

"我的也没了。"左司辰不知道是不是领会了夏暖的意思，于是道，"这样吧，你们等着，我和夏暖去刚才的小卖部买几瓶回来。"说着就起身了。

"刚才路边有店铺吗？我怎么没看到？"苏莞扯住夏暖。

夏暖硬着头皮开始撒谎："我好像有看到啊，你刚才太兴奋了所以没有注意。"

"唔，那好吧，你们快去快回。"苏莞虽然很不愿意和江逸海独处，但又希望能给左司辰和夏暖两个制造机会，勉为其难就答应了。

夏暖如获大赦，跟在左司辰后面离开了。

"你知道什么吗？"她看走得够远了才问。

左司辰依旧向前走着，却放慢了步子，和她并排，解释道："江逸海学长喜欢苏莞，这半年来我看他也没少花工夫，今天应该也是故意的。"

"难怪，难怪我有一种被算计的感觉。"她摸着下巴小声说着。

"虽然我看学长人不错，也是真心的，但苏莞不接受，我也没办法。"左司辰听到她的牢骚一笑置之，接着道。

"依我看，与王律无关，而且我觉得她心里有学长，不然今天也不会这么反常，只是不知道她为什么不接肯受。"她沉吟道。

"没想到你看自己看不清楚，看别人却清楚得很。"左司辰奇怪地看了她一眼，直到她不自然地偏开头，"我想，或许她是觉得对不起你才会这样。"

她重新转过头："对不起我？"

"对，她始终觉得那场车祸她欠了你，没有办法释怀，她认为，你应该比她更早得到幸福，所以她也喜欢学长，却不肯回应，在心中挣扎。"

"那个傻丫头！没想到她平时没心没肺的，原来一直都没忘。"夏暖有些气结，"也不知道在想什么，我什么时候怪过她，我多么希望她能遇到一个彼此喜欢的人，不像当年的那个王律一样让她伤心。"

左司辰头疼地摇头："小莞钻进牛角尖了，你再怎么说，她都听不进去。她只会觉得你是在安慰她而已。"

"那至少我们是不是应该先告诉学长其中的缘由，让他不要放弃？"她问。

"这个，好吗？"左司辰有些担心地看着她。将早已愈合并且藏起来的伤口重新摆到眼前，是不是相当于将它撕裂呢？

夏暖目光闪烁，可语气坚定："有什么不行的?！"

"好吧。我们两个找时间一起和他说。"他妥协道。

"现在我们要怎么圆谎？这里好像确实没有卖水的地方。"夏暖开始关注眼下的问题，他们找学长谈的事，还是暂时瞒住苏莞的好。

左司辰却一派胸有成竹，笑得自信满满，小跑离开："等我下。"

只见他转到一棵大树后面，把手伸进一个不小的树洞中，竟然从里面取出了四瓶矿泉水来，举起向夏暖晃了晃，得意道："我起先就藏起来的，想来应该会有用处。走吧，回去交差。"

夏暖突然想起了苏莞的话，其实左司辰狡猾得像只狐狸。总感觉半天之内，被人设计了两次。

他们回去的时候，苏莞和江逸海两人的表情还算自然，只是苏莞在看到水以后又惊奇又纳闷："原来真有店铺啊！我怎么会没看到？"

而江逸海在一旁却笑得诡异。

夏暖僵硬地笑着，这两个人，怎么好像都和狐狸一样聪明又狡猾。

第十五章

郊游回来以后，夏暖和左司辰就达成了共识，要找江逸海长谈一次。于是，就由左司辰出面找了个苏莞有课，但夏暖、他和江逸海都有空的时候，约了江逸海到学校里相对静僻的一个小亭子里。

江逸海见夏暖和左司辰一起出现，倒也没多大意外，从容地笑着率先坐下："你们找我有什么事吗？"

夏暖和左司辰也对面而坐，夏暖看了左司辰一眼，然后直入主题："我们找学长是想和你谈谈关于你和苏莞的事。"

"哦？"江逸海随意接了一声，等着下文。

"其实，莞她不愿意接受你，其中另有原因，所以我们才希望学长无论如何不要轻易放弃她。"夏暖正色道。

江逸海闻言面色严肃，认真道："我希望能保护苏莞，爱她一辈子，自然不会轻易放弃。我有很多时间，可以等她想清楚，然后再和我在一起。从我第一眼见到她开始，我就已经决定了。"

"当然，如果你们觉得其中隐情不方便说，我不会强求。这与我的用心并没有太大的挂钩。"他话锋一转，说道。

夏暖和左司辰眼中皆闪过欣慰之色，着实为苏莞高兴。

"我们既然来了，就是打算告诉学长的，而且或许这对你们会有帮助。"

"事情是这样，曾经小莞很喜欢一个叫做王律的人，我们高三那年……"左司辰望了夏暖一眼，发现她已经垂下头，他在心中一叹，伸手轻握住她冰冷的手，才对着江逸海将当年那件几乎成为三人之间禁忌的事情娓娓道来。

江逸海静静地听着，眼底瞬息变化，从起先的冷静，到动容，再到震撼，最后化作一声轻叹。

三人之间良久无声，最后是江逸海先打破了沉默，真诚道："谢谢你们，让你们为了我而说出来，我很抱歉。我理解苏莞的心情，我会等她想通并且放下这一切。"

夏暖却摇头："我想你还是不够了解她有多倔。现在横在你们之间的不是王律，而是莞的负罪感。她有时候是个钻牛角尖的人，想等她自己走出来，太难了。"

"所以，我们应该帮帮她。"左司辰不着痕迹地收回手。

"怎么帮？"江逸海挑眉。

夏暖只说了一个字，却是掷地有声："逼。"

"逼？"江逸海若有所思地重复了一遍。

"对，逼她面对自己的感情，逼她不得不承认她也喜欢你。"左司辰点头，这个计划他和夏暖在来之前就已经商量好了，虽然有些俗套，却是最有效，最快的办法。

"什么办法？"

在江逸海提出问题以后，夏暖和左司辰相对一笑，于是三个人凑在一起，开始商讨计划了。

而正在上课的苏莞却突然打了个喷嚏："阿嚏！奇怪了，我没感冒啊。难道有人想我了？"可怜她怎么也没想到，此时正有三个人正在算计她呢。

江逸海听完，脸上似笑非笑，真没想到平时看过去如此正经的两个人居然会想出这种办法，感叹道："你们……真是好主意。"

"我们这也是没办法的办法。"夏暖摊摊手，"江山易改，本性难移。莞的个性再怎么磨炼也不可能变成一个闷葫芦，只是缺少一个导火线让她爆发而已。"

"我也是希望，能再看到那个笑起来无法无天，嚣张至极的莞，那才该是她。"她浅浅地笑着，似乎很怀念。

左司辰笑道："学长不要让我们失望才好啊！"

"嗯。"江逸海摸着下巴沉吟，眉头紧锁，平时学生会做决策都没这么为难啊，"人选问题，我想找我妹妹来好了。一则，她是艺术院校的，专学表演，应该会很像。二则，兄妹之间也比较自然些，随便换个人，我可演不来。特别还让我当着苏莞的面。"

"是个好人选。那就这样定了，找个机会互相见个面。以后让你们'巧遇'，就是我和夏暖的工作了。"左司辰一语敲定，两人并无异议。

夏暖起身，向江逸海颔首："那我们就不打扰学长了，学长再见。"

左司辰也一起道别后，两人就离开了。

倒是江逸海似乎早就跳出了自己和苏莞的难题，对着两人离去的背影若有所思，眼中划过一丝探究。这两个人若说只是一般朋友未免欺人，可相处起来又非其他恋人一般，这种感情，还真是够微妙的。

想到这里，江逸海摸摸鼻子，从口袋里拿出手机，拨打了妹妹的电话，自己的问题都没解决呢，哪里有闲心去猜别人什么关系。

"喂，云儿，这次你说什么都得帮帮我这个哥哥了……"江逸海简单说明前因后果，又将计划和盘托出，以表明诚意。

本以为得花一番口舌，没想到电话那边却爽快答应下来："没问题，这么好玩的事怎么能少了我江逸云呢？你放心，时间地点你随便定，我一定奉陪到底！"

"好好！"江逸海听自己妹妹难得答应得这么爽快，心情大好，"那就这样吧，我再联系你。"

"不过，事成之后，一顿大餐！"对方提出了条件。

"没问题，哥一定带你去吃，时间和地址也随你选。"他也痛快应承下来，又和江逸云说了几句，才挂了电话。

手机才放下了，就又来电了："喂？"

"江学长，学生会这边有点事情需要你来批准，不知道现在你方便不方便？会长那边有事。"打电话来的是江逸海的助手。

"我没什么事，马上就到。现在趁这时间，把你认为可以马上批准的和需要我再仔细看的分挑出来下。"江逸海立刻换上了公式化的表情和语气，吩咐事情有条不紊，一边走一边道，"另外，你让文学社的社长来找我一下。"

夏暖回到宿舍，只有赵谣在，看样子又是在写点什么，一脸的全神贯注。

她也没打扰她，径自打开笔记本电脑，私人信箱里有两封E-mail，其中一封是严若明发来的，无非一些感谢之词，还说有空请她吃饭。还有一封是社里的群邮件，关于下个月的工作事宜，纪事专题就定为篮球赛的报道。还有本月的总结，信上说本月的杂志不论是电子还是实体比前几期更受欢迎，所有参与编辑的成员都有样刊拿。

最后一行，也就是最扎眼的一行，严若明以社长身份宣布，夏暖提升为主编。

她关掉邮件，有点头疼，本想在 Q 上质问严若明为什么不和自己商量就定下，可他虽然在线，却不回话。夏暖感觉自己一记老拳打在了烂棉絮上，全不解气。

又对着屏幕发呆了一会儿，她开始认命，不就是比以前更忙一点，更多点事要心烦吗？就当是压力锻炼了。

想到这里，她重新恢复心平气和，打开投稿专用的邮箱，静下心开始一篇一篇地认真回复，一直看到一个小时后郑教授的课要开始前十分钟，才不急不缓地关了电脑，离开宿舍，朝教学楼走去。

"暖！"苏莞从不远处迎上来，"你也去听郑教授的课吗？"

"对啊，他讲课挺有趣的。"夏暖笑着挽过她一起走，问道，"你这周天有时间吗？我们一起去逛街，吃饭，再看电影，怎么样？"

苏莞用看外星人的眼光盯着夏暖，问道："你怎么突然想出去玩？以前我怎么请都请不动你这个宅女加大忙人啊！就我们两个？"

"是，就我们两个。老对着电脑总有腻的时候，像上周去郊游，我就觉得出门其实挺不错的。"她点头。

"哈哈，那好吧。"苏莞很快就跳出这个问题，开始笑眯眯地商讨起要怎么玩才好了，"你说去哪里吃呢？KFC 还是必胜客？看哪场电影好啊？最近出了好几个片……"

夏暖则是心不在焉地听着，其实满脑子里都在预演他们的计划呢。

周六。

夏暖通知了左司辰，左司辰进而又通知了江逸海行动的时间地点，于是江逸海就带上了他的妹妹江逸云在学校附近的餐厅先碰了次头。

"竟然是你?！"江逸云一看到夏暖，就惊讶地捂住了嘴。她对那个女孩的印象很深呢。

夏暖略一思索，这才想起面前的人正是两年前在公车上遇到的那个女孩，随即浅笑道："原来你就是学长的妹妹，我们早就认识了呢。"

"是呀！我哥提到的那个女孩，是你的朋友?"江逸云只觉得夏暖的笑容仍然是那样友善悦心，但比之当初似乎又多了些亲近。

夏暖点头。

"难道就是我见过的那个凶巴巴的女孩吗?啊，哥！你干什么打我！"江逸云还没说完，就吃了江逸海的一个暴栗。

"她哪里凶巴巴了?嗯?"他可不答应有人当着自己的面说苏莞的坏话。

江逸云却突然狡黠一笑，双臂搂上他的脖子，一副含情脉脉的样子，娇声怨道："你怎么能为了她而打我呢?我可是你的正牌女朋友啊。"

一旁的夏暖和左司辰各自打了个冷战，原来学表演的都这样啊，说来就来，说变就变。

江逸海虽然平时也和妹妹嬉闹，可一时间还真有点适应不了，连忙推开她："云儿啊，太过了点，假了……"他鸡皮疙瘩都起了。

"是吗?"她咬咬唇，"看来我的功力还不是很到位呢。"忽然，她一脸兴奋地看着江逸海，像看着猎物一样，"既然这样，我就更要好好利用这次机会，好好地实习一次了。"她将"好好地"三个字加了重音。

左司辰咳了咳，插话道："学长的妹妹肯如此地……配合，那自然是再好不过了。夏暖已经和小莞约好，明天会出校玩，所以行动的时间就在明天了。"

"是，我会想方设法让苏莞看到你和学长在一起，电影票呢，我们订的座位和你们离得也不远，很容易注意到彼此。"夏暖接话道，"你的任务就是尽可以地激怒她就好了，只是别太过头就好了。"

"这我最拿手了！"江逸云拍着胸脯保证道。

"你们兄妹之间，正常相处应该来说就已经足够亲密了，就当出去玩一次。那样就足以让小莞误会了。"左司辰还是不放心地叮嘱，言下之意是像刚才那种表演不是特别需要。

江逸云瞪了眼江逸海道："放心吧，我刚才是故意的，谁叫他打我！"

夏暖这时轻笑了几声，四人就将刚才的事情简单揭过了，"午饭时间快到了，要是没其他事，我们就一起吃饭吧。"

其他三人都爽快地应下来，各自点了一份饭。

餐间几人说说笑笑，气氛活跃，倒也像是相识多年的老友一般。果然有了共同目标以后，共同语言就不怕找不到了。

"明天见！"四人在校门口分开，各自道别，却都怀着对明天的期待。

晚上回到宿舍。其他三个室友都在，夏暖边开电脑边和她们简单聊了几句，发现 QQ 上严若明给自己回话了。

"我只是想给你个惊喜。"

"可那对于我来说是惊吓。"夏暖回道。

严若明很快就接着回过来，态度很好："下次我保证和你商量后再定。对了，我今天下午见到副会长，他莫名其妙提到你，说你不愧是文学社的主编。他这是什么意思？你和他很熟吗？"

"哦。你不用理他，他没准是讽刺我的。"她撇撇嘴。

"他讽刺你做什么？"严若明锲而不舍。

"你又不是八卦记者，问那么多做什么？"她不予回答，"没什么事的话，我去看书了。"

"等等，就是关于篮球赛专题的事，因为队长和经理都很忙，所以将由企划部负责接受采访。时间定在下周四下午三点，你准备下。"

"我明白了。"夏暖说完，就将状态切换到离开了。这么说的话，采访对象不是苏莞就是左司辰吧。

但是她没有去看书，而是先去准备下周末的采访问题。她对于采访赛事方面也是第一次尝试，所以需要上网去搜一些相关报道作为参考。

通常情况下，不论任何事，夏暖都希望尽自己最大所能，做到更好。

明天，也是一样。希望这一次，学长会是莞真正的幸福。

第十六章

周日，天高云淡。

夏暖和苏莞按照定好的地方碰头，此时正在步行街上闲逛。

"哎呀！真是好久都没有这么清闲了。高中的时候忙着学习，大学了还忙着工作加学习。"苏莞夸张地舒舒腰，"久不逛街，我发现我功力下降了不少，才这么一会儿就有点口渴了。要换以前，一条街连眼睛都不用眨一下的。"

夏暖环视后指了指街边的一个自动贩卖机，建议说："很渴吗？那我们去那边买杯饮料好了。"

"好啊，好啊！"苏莞顿时两眼冒光，可突然贩卖机前出现了一个熟悉的身影，"暖，那是不是逸海学长？"可为什么他身边还有个高个子的女生挽着他的手？

夏暖随便地扫了一眼，似乎不甚在意地答了一句："应该不是吧。"

"你再看看清楚，好像真的是啊！我不会认错的！"看着那两人亲密的身影渐渐远离视线，苏莞有些急了，用力拉了下夏暖的手臂。

"哦？还真是好像。"夏暖又定睛看了看，平淡道，"也没什么的，学长周末陪女朋友出来逛逛，也是正常。"

苏莞得到证实后却显得颓唐，暗自喃喃着什么，连饮料也无心买了。还是夏暖拽着她到了贩卖机前，投了两枚硬币进去。

"莞，你要什么？"

"不可能……"

夏暖挑眉，将手放到苏莞眼前晃了晃，不满地说："大小姐，没有叫作'不可能'的饮料！你在想什么呢？"

"没，我不想喝了，你买自己的就行了。"苏莞摆摆手，垂下了头。

夏暖轻叹了声，照着她可能喜欢的口味买了两罐美年达："口渴了就要喝嘛。我们再往前逛一小段，然后去前面的那家麦当劳吃午饭，好不好？"

"好。"苏莞的语气依旧沮丧，有一口没一口地抿着饮料，完全没了刚才逛街的兴致，只是挽着夏暖的手臂，跟着她漫无目的地往前走，不知道在想什么。

夏暖看着她微锁的眉头，若她心中真有学长，自然是不好受的。可是又有什么办法呢？

爱情有时候是会像天空中的云朵一样渐渐离散的，如果没有风告诉它们方向，那么它们可能就真的这样静静地告别彼此了。

进了麦当劳，不期然的，两人又看见了江逸海和他身边的女孩已经点好了餐，坐在一个角落的小小位置里，苏莞透过一层层的阻碍望过去，他们脸上的笑容是那样的不真实，那样的刺眼。

"暖，今天你去点东西吧。我坐享其成就好了。"苏莞勉强地笑着，将夏暖推出座位，"我相信你的口味。"

"好吧。"夏暖有些担忧地看了她一眼，这才去排队点餐。难道会适得其反吗？可这不应该是苏莞的性格。自己真的好想念那个在公车上会叉着腰大声呵斥对方，捍卫自己爱情的苏莞啊。

"吃的来喽。"夏暖点完餐，将盘子端到座位，笑着道，"快吃吧，我点了不少你喜欢吃的东西。"

苏莞却似如梦初醒般地点头，"哦，好。"然后动作死板呆滞地拿起一个鸡翅，低头，默默地吃了起来。

夏暖也拿起一个汉堡，用它挡住了自己大半个脸，随即赶紧朝江逸海那样边瞟了一眼，发现江逸海正将视线锁定在苏莞的身上，眼中是沉默的心疼和担忧。

不过他很快就发现了夏暖的目光，夏暖冲他点头，示意他放心。他这才不舍地调开头，重新面对江逸云，继续刚才他们之间的话题。

可是夏暖看得出来，他始终都有些心不在焉。

"暖，如果你爱一个人，可你却不能和他在一起，你会怎么样？"苏莞突然问道。她的头仍然是低着的。

"那要看为什么不能在一起。如果是对方的原因，我会和他一起解决问题。如果是我自己的原因，那么我至少也会先让对方知道，再和他一起想办法。"夏暖的眼中闪着不一样的光芒，"如果发生了事情，不是第一个想到对方，信任对方，那么就不能算作是爱了。"

"可是，如果那个原因是一个死结呢？"她问得急切。

夏暖仿佛略一思索，问道："有什么原因会是死结？"

"过去。"苏莞终于抬起头，却没有看夏暖，咬着吸管，有意无意地朝江逸海那样看，"过去已经存在，无法改变，成为了一个永远解不开的死结。"

夏暖伸手，轻轻地握住苏莞的："既然已经是过去了，那么不管它是死结还是活结，就都完全没有解开的必要了，不是吗？关键是现在和未来，有更多的结需要你系和解，如果你执着于过去，那么你将会在现在和未来留下更多带着遗憾的结。"

"嗯。"她低低地应了声，不知道是否听进去，又是否想通。

夏暖见她不再问，也不再接着多说，开始吃饭，心中却有千万个念头和猜想闪过，但又有一个念头始终坚定清晰，那就是她一定不会让苏莞在今天的沉默中不了了之。

"我们去看电影吧，时间快到了！"静静地吃完，苏莞挽过夏暖的手，强打精神地笑道，"这电影我期待了很久了呢！快走吧！"

说完，跟躲瘟疫一样，头也不回地拉着夏暖就出了麦当劳。夏暖自然是不担心，因为江逸海他们两人的电影票和他们订的是同一场电影，一个场次，必定会再碰见的。

电影院里很暗，苏莞和夏暖两人前半场都看得很认真，苏莞似乎也从刚才的不愉快中走了出来，可是当电影快要结束的时候，她不经意地一撇，却发现江逸海和那个女孩竟然也来看电影了，而且就在她们下排的斜右方。

那个女孩手中抱着一桶爆米花，斜斜地靠在江逸海的身上，似乎说笑着什么，眼睛始终不离江逸海，根本没有看电影，银白色的眼影使她显得格外惑人。

"暖，你看那人是谁?！"苏莞拉了拉夏暖。

"这么巧，我们又碰到学长了。"夏暖装得吃惊。

"唉！不是，我说的是逸海旁边的那个女生。你忘了？那个公车上为了抢律旁边的位置而和我吵起来的那个女孩。"夏暖终于等到苏莞连"学长"两个字都干脆省了，起效果了。

夏暖假意又仔细看了看，拍手道："被你这么一说我想起来了，确实是她。她比以前更漂亮了呢，我差点认不出来。"

苏莞落入了夏暖的激将法，手握得紧紧的，离发怒已经不远了，大声道："她长得漂亮？哼，再漂亮也不能三番两次干这种事情！她和我作对不成！"

还好这时候，电影结束了，一阵掌声淹没了她的声音。

夏暖顺着她喷火的目光看过去，江逸云真是不得了了，又演上瘾了，唯恐天下不乱，看那架势，竟然是在慢慢接近江逸海，准备给苏莞加最大的一把火。

"不准亲他！"人都散得差不多了，苏莞很快冲到了他们面前，一把推开了江逸云。

"云儿！"江逸云向后跟跄一步，还好江逸海也及时站起来，将她拉住。江逸云才刚站稳，就甩开他的手，质问道："你别拉着我！怎么又是你?！我这次又没有和你抢座位，我亲他又碍着你什么了?！"

"我就是看你不顺眼，你怎么老抢我男朋友！"苏莞一听江逸海叫她"云儿"，这么亲昵，更是气了。

江逸海的眼睛突然一亮，却忍耐着没有说话。

"喂，你怎么着？只要是我看上的都成你男朋友了？你这回额头上也没写着'我是江逸海的女朋友'，我凭什么信你？你不是拒绝他了吗？这说明你不喜欢他啊！那你现在看他和别人在一起，又不高兴什么？"江逸云不愧是学表演的，问起话来一套一套，不带停顿的。

"我……我没有！我喜欢他！我喜欢他！"苏莞涨红了脸，喊着。

江逸云立刻就蹦起来："哦耶！哥，我帮你把这句话逼出来了，大餐你请定了！"

"什么？你叫他哥？"苏莞的脑子有片刻短路，随后一想今天一天的巧合，顿时明白，"你们原来——暖，连你也合着算计我！"

"苏莞，我……"江逸海上前一步，却被苏莞狠狠一推，向后退了一大步。

"你们都走开！"苏莞抢过路，低着头跑出了电影院。

江逸海第一时间反应过来，来不及先站稳，就尾随着苏莞而去："你等等我！"

夏暖也欲追出去，却被人扣住了手臂，回头一看竟然是左司辰。夏暖还没说话，江逸云先叫道："哇，你怎么出现的！吓死我了！"

"别去。"左司辰没有回答她，反而看着夏暖。

"我怕她出事！"夏暖乞求地看向左司辰，她不希望两年前的事情以另一种方式重演。

左司辰不肯放开，摇头劝道："让学长和小莞两个人自己解决吧。学长一定可以追上小莞的。"

"可是……"夏暖还想再说什么。

"我们要相信他们。"左司辰缓缓松开她的手臂，眼中的笃定让夏暖无法不相信他，"我们已经尽了力，剩下的事情不是我们可以插手的。"

夏暖怔怔地看着没有了束缚的手臂，却没有抬步去追。

"如果，他们没有办法过这一关，那就是他们有缘无分，再怎么强求也是一样。更何况，真正的幸福和爱情绝对不可能像两年前那样，那么轻易就被错过。"左司辰不大的声音却响彻了整个空着的影院。

夏暖终于点头，抬头望向影院门口："你说的对。呵，果然是关心则乱。"

"莞儿！你等等我，别这样乱跑，很危险！"江逸海很快就追上了苏莞，拽住了她的手臂。

苏莞使劲甩开他，可他却可以很容易地再一次将她抓牢，于是她只好面对他喝道："你放开！我现在不想看到你！"

"对不起。"江逸海诚恳地看着她，"我只是想让你诚实地面对自己的感情。如果这种做法让你觉得自己被骗了，或者被耍了，我可以向你道歉。"

她沉默着偏开头不看他。

"莞儿，不论你怎么想，我都不会放弃你。我有很长的时间，可以等你原谅我今天的做法。等你原谅了我今天的做法，我还可以花更长的时间等待你接受我。"他迫她转过头，她看着他灿若星辰的眸，深邃得仿佛可以让她的灵魂随时沦陷，"无论过程怎样，结果永远只会有一个，我们最终会在一起。"

她的泪无声无息地淌了下去。

"莞儿？"他什么都不怕，就怕她原本应该挂着明媚笑容的面庞因为自己而滑过泪水，"如果你现在真的很讨厌我，那我马上就走。"

"逸海！"苏莞却在他转身之前用力地扑进了他怀里，号啕大哭，"呜呜……我没有讨厌你，可是我好讨厌我自己，这样胆小懦弱的自己！"

从影院刚出来的三人看到两人在繁密的人群中紧紧相拥的一幕，都是心头一热。

夏暖的视线渐渐模糊，有些狼狈地将目光从那两人身上移开。而左司辰欣慰地笑着，然后揽住了夏暖的肩膀，轻轻拍了两下。

"我只是，太为她高兴了。你是对的，有些幸福，非得要自己争取才行，不是任何人可以代替的。否则，幸福将只能停留在原地，永远不会长大。"夏暖深吸一口气，仰头对他笑道。

左司辰只是看着她，温柔地笑着。

"哼哼，你们一个个都有伴了，就我一个孤家寡人，被忽视了。"身后传来江逸云阴阳怪气的声音。

夏暖一听，一下子退开，左司辰的手也就顺势从她的肩膀上滑落下来了。

"呵呵，不用不好意思，我早就看出来了。"江逸云暧昧地冲两人挤眼。

左司辰大声笑了两声："逸云，你别开玩笑了！走，学长不请你，我和夏暖先请你一顿。你可是大功臣。"

夏暖在一旁笑着点头，表示赞同。

"真的啊！别怪我食量大，吃空了你的钱包哦！"江逸云兴奋地跳起来，一手钩住了左司辰的脖子，拉他在前面先行一步。

夏暖有片刻失神，这才跟在后面往前走，合适的笑容中看不出任何的不妥。

"喂，我刚帮了我哥，要不要我接下来帮帮你？我看后面那个比苏莞更有挑战性呢！不知道她的底线是什么？"江逸云凑到左司辰耳边小声道。

左司辰却摇摇头，拒绝了："你还是算了吧。她和小莞的天性不同，你的激将法是不会起作用的。"

"那什么才能起作用？"江逸云退开一些，好奇地问道。

而他只是冲着她笑得神秘。

"喂，你告诉我嘛！你告诉我啊！"江逸云死皮赖脸地硬要问出所以然来，"你不告诉我，我就一直问！是什么？是什么？是什么……"

"停！"左司辰实在被吵得不行，向后望了眼跟得不远不近、一脸平静的夏暖，"你先放开我，我再说。"

于是江逸云戒备着放开了他，但也做好了随时再扑上去的准备。

"她需要的是守护，直到她肯打开心扉，直到她的心学会依靠。"左司辰说完，就抬步走在了前面。

三个人就这样隔着两个人的距离，走着。

特别是江逸云在听完左司辰的话之后，就对大餐没了太大的兴趣，兀自低头喃喃："原来如此，难怪她的笑容是那样完美和不真实，难怪他说她的心要学会依靠。"

"哎——对了，我还有个问题啊——"回过神的她又追了上去，因为她很想知道夏暖究竟是不是天秤座的啊！个性实在是太符合了！

第十七章

一个纸团精确地落在夏暖的课桌上，她惊讶地拿去，下意识地四顾了下，然后打开纸团，上面画着一个夸张的笑脸。"暖，谢谢你，我好幸福。"

苏莞莞尔一笑，那天过后夏暖给了苏莞和江逸海足够的时间，没有干涉他们，时间已经过去了整整三天，学校里已经传出了两个人的绯闻，是时候好好盘问了。

正好是无关紧要的选修课，夏暖拿起笔在纸条上继续写道："你和学长在一起了？男女朋友？学校可快传遍了。"写完，瞄准苏莞的桌子扔过去。

过了一会儿，纸条又重新回到了夏暖的手中，展开来看，画了一个大红心，"他那么优秀，自然受到关注，有人非议也很正常。不过，有一点是实情，那就是我们正在热恋中呢！"

"热恋？那他人呢？不是应该和你一起来听课，形影不离吗？"夏暖写完，再扔回去。

"人家可是学生会的副会长，很多事情要忙的，哪有时间来听这种闲课？你看那个老师自己都快讲睡着了！”

　　夏暖看到后打趣写道：“那苏莞同志可是要当贤内助喽！为副会长大人将家中的一切打理好，不让他操心？”

　　苏莞回了个大红脸，还当真了呢。

　　夏暖揉了纸条，果然爱情的力量是可怕的，而在热恋中的人比爱情还要可怕，自己还是少接触为妙。

　　接下来的一小段课，夏暖观察到苏莞的小动作不断，左转转，右看看，时而偷笑，时而叹气。心道：这小妮子一定是为了江逸海，当初就连对王律她都没有这样过呢。

　　“终于下课了！呼，暖，陪我去找逸海吧！”苏莞从周日下午起就和江逸海腻在一起，三天来江逸海推了所有事情。但她也明白他很忙，所以今天就是她自己把他赶走的，“早知道这么难受，我就不装伟大了！”

　　夏暖笑道：“呵呵，你瞧瞧当初你把人家学长急的，现在可不是报应到了？”

　　“讨厌！”她咯咯地笑着，害羞地推搡了夏暖一下，“那是他自愿的，人家又没逼他。”

　　“对了，周四下午的篮球专题采访，是你负责还是左司辰负责？”夏暖摇着头，及时转移开了话题。

　　苏莞略一思索，“那个啊，是左司辰负责的，当初不就是他联系你们文学社的吗？我那天下午要去准备两个月以后的联欢了，大二的部分，是由我一个人全权负责的呢。”

　　“联欢？”

　　“对啊！因为今年刚好是建校百年，所以特别搞一个联欢。是有评比的，联欢从晚上七点开始到十一点结束，各个年级负责一个小时的节目，最后根据投票来选出最受欢迎的一个年段，学生会给参加策划的发奖金，总负责人尤其多呢！"苏莞搓了搓手指，笑得奸诈。

夏暖挑眉："这么有信心？"

"那当然了，我是谁？大二企划部的无敌副部长苏莞，由我出马手到擒来！"苏莞前一秒还仰天长笑，后一秒又面有苦色，"只可惜，那样会很忙，没有时间和逸海约会了。"

"排演的时候，学长是否要去现场监工？"夏暖有意提点她，悠悠道。

"啊！我怎么没想到呢！虽然是相对后期，但聊胜于无啊！"苏莞一听，两眼放光，狠狠地给了夏暖一个大拥抱，"你真聪明！走走，和我去找他问问！"

"哎呀，你自己去就行了，还要我当电灯泡干什么？"夏暖试图挣脱他。

她撒起娇来："拜托，你帮我问下，我不好意思！"

"你还会不好意思？"夏暖虽然口里还在不停地调侃她，脚下却已经跟着她踏出了教室，往学生会那边去了，"我怎么没看出来你哪点不好意思了？"

"嘿嘿，我知道暖是刀子嘴，豆腐心，最好了！"她无赖地笑着。

夏暖嘀咕道："你夸我的时候就挺好意思的。"

"喂！你们等等！"一个嚣张的女声从身后传来。

苏莞一脸奇怪，停下来看了看夏暖，又望了眼那女生，"她是在叫我们？"

"应该吧，你不认识她吗？"夏暖点头，看着那女生已经走近。

苏莞眯了眯眼，奇怪道："唉？我看出来了，她好像是我们系的校花，公关部的部长。我见过她几次，都没往来。而且最近我们部里也没有什么需要和她交涉啊。"

夏暖听她这么一说，再看那女生趾高气昂的样子，就觉得来者不善。

"喂，你是不是叫苏莞？"女生上来劈头就问。

"对啊！怎么了？"苏莞有些莫名其妙。

"就是最近和江逸海学长传出绯闻的苏莞？"那女生一脸的不可思议。

苏莞也有些不高兴了，"我是苏莞，这学校里只有一个叫苏莞的。"

"天哪，学长怎么会和你这样普通的人在一起？哼，不对，仔细一看简直是下等人，全身上下连一件名牌都没有！"她上下打量着苏莞，鄙夷道，"像你这种人怎么能配得上学长的家世？难不成想飞上枝头做凤凰吗？"

"你在说什么！"

"你可不要说你不知道，逸海学长的爸爸可是市里有名的企业家呢，几代经商。"她冷哼一声，"像你这种野丫头，还敢妄想？"

"请你说话放尊重点。"夏暖握紧了苏莞的手，竟是异常的冰冷，于是对着女生冷冷道，"不错，也许我们是普通了些，也没有显贵的家世。而你，或许有着一个可以和学长般配的家世，却配不上他的人！"

"我相信，学长不会是一个肤浅到只看家世，不看人品的人。"夏暖直视她，目光说不上冷冽，却不知怎么让那女生感到一阵寒意。

"你！"她听出了夏暖言下之意，气得全身发抖，"你敢骂我！

我长这么大，还没人敢对我说一个'不'字！"

紧接着夏暖感到一阵劲风，那女生话音还未落，就扬起了巴掌朝夏暖打来。

夏暖知道以这巴掌的速度，这么近的距离，自己是肯定躲不过的，只是在心里冷笑，理亏了就动手，还真是小姐脾气。

"许静。"预想中的疼痛没有传来，面前多出了一只手，而那叫作许静的手腕就是被那只手牢牢抓住的。

苏莞在一旁舒了口气，看向突然出现在夏暖身旁的人："左司辰，你来的真是时候！"

"啊，司辰，是你啊！"许静看到他立刻变了番模样，急忙抽回手，拢了拢自己肩上的头发，"让你见笑了，我本来是不想和她们一般见识的，谁知道她们这么出言不逊！"

"她们是我的朋友。我深知她们的为人，绝不是无理取闹之人。但若是有人为难她们，她们也绝不会软弱。"左司辰面上毫无波澜，看不出情绪，语气淡淡。

许静的脸白了下，随后笑道："是吗？这样的为人挺好的……"

"如果没什么事，我们就先走了，失陪。"左司辰礼貌而疏远地冲她颔首，然后转头对夏暖低声道，"走吧。"

夏暖点头，牵住仍然不甘心的苏莞，和他一起离开。

"左司辰，你为什么不好好教训她一番啊？"苏莞终于按捺不住，问道。

他皱眉，却只答了句："我刚才已经教训过她了。"

"什么啊！就那句话不轻不重，不疼不痒的！"苏莞不肯就此放过，"你别忘了，她刚刚要打的可是暖！换作平时，你一定会毫不留情地替暖讨回公道，今天怎么了？还是，那个许静叫你叫得那么亲热，难道你们……"

"莞！"夏暖打断了她。

苏莞被她严厉的声音震了下，委屈地望着她。

"莞，别再想这件事了。我们并没有被她怎么样，该回击的也都没落下，不是吗？"夏暖深吸了口气，缓了缓自己的语气，"还有，我突然想起有点事，你自己去找学长，好吗？如果你真不好意思问，就先等一天，我明天再和你一起去。"

"好吧。"苏莞自知话说过了，恼自己冲动，讷讷地应了声，就离开了。

"夏暖，我……"左司辰看她走远以后才开口，却被夏暖微笑着打断，"我明白。也许莞是粗心了点，但我看你对她的态度，加上我记得我们学校最大的股东是姓许吧。"

"对，她是我们学校大股东许岩的独生女儿，所以格外宠爱，才会养成这样的性子。"左司辰点头，解释道，"而且逸海学长的父亲还是第二大股东。我们大学之所以像个小社会，也是这些股东的想法，想先历练下自己的孩子，好将来继承家中的产业。"

"你知道的还真不少。"夏暖先是冲他莞尔一笑，转而却叹了口气，"我现在有些为莞担心了，学长的家门恐怕不是那么好人的。"

"听学长说他的父亲是一个随性的……呃……老头，小莞生性率真浪漫，应该能和得来的。"左司辰倒不怎么担心，耸肩道，"而且，你看学长那样平和，可见家教不同。"

夏暖无声地点了点头，没有再接话。两人之间一时间竟然相对无言。

良久，夏暖淡淡地说了句："我有事，先走了。明天下午的采访，我会准时到，今晚我会把问题发给你，你准备一下。"说完也不等左司辰说话，就迈步走了。

回到宿舍的她，将自己狠狠摔在床上，发出一声闷响。

这是惩罚，她没有办法原谅自己，即使仅仅是一瞬。她确实因为许静对左司辰的称呼和他对她的留情而气恼了。夏暖甚至觉得苏莞只是说出了自己心里的话。

自己到底怎么了？这样的情绪已经超出了对待朋友的范畴了。那一刻，看着他握住许静的手，和许静羞涩的表情，自己分明是很在乎，甚至吃醋的。虽然这两年 Exclusive Angel 都没有出现，但夏暖总觉得他的温柔和爱还是那样的真实存在在自己身边，所以她并没有忘记过他，不是吗？那么，刚才那一刻，自己对左司辰的感情又是什么呢？

心烦意乱地抱过笔记本，打开，将准备好的采访问题复制了一份在 Q 上传给左司辰，不知道为什么，他不在线，反而让她松了口气。

Q 上有严若明的留言："夏暖，明天的采访我会派实习编辑小林跟你去，你好好带带她，如果访谈的栏目做得好，我打算每期都弄。所以，以后很可能这类采访工作都要由她和你轮流来，我们社里缺乏这样的人才。"

"我明白。"简单地回复他后，就关掉 QQ，打开博客。

里面是 BY2 的歌《我知道》，这是夏暖新发现的，第一次听到的时候，她甚至觉得这歌分明是为她和 Exclusive Angel 而唱的：

从来没想过不能再和你牵手

委屈时候没有你陪着我心痛

一切都是我太过骄纵以为你会懂

一直忘了说我有多感动

我知道你还是爱着我

虽然分开的理由我们都已接受

你知道我会有多难过

所以即使到最后还微笑着要我加油

我知道你还放不下我

才会在离开时闭着眼没有回头

我们都知道彼此心中

其实这份爱没停过

曾经完整幸福的梦在脑海里头

我多希望你还在我左右

答应你我会好好过

不让这些眼泪白流

夏暖浅浅地笑了，心重新平静下来，Exclusive Angel 的消失必定有原因，他的心里此时一定也还装着自己，她知道的。

只是，虽然她在两年前对左司辰坦白过自己的感情，可他这两年来却是确确实实地陪伴着自己，她这样，会不会太自私了？如果 Exclusive Angel 和她从此真的无缘呢？

左司辰，对他，自己真的没有一点超乎朋友之外的感情吗？夏暖想到这里，不由又紧了眉头，情绪烦乱。

如果说 Exclusive Angel 是那个能让她心绪平定下来的人，那么现在的左司辰无疑是能在她的心海上卷起波涛的人了……

第十八章

第二天下午四点的采访如期而至，夏暖先去了文学社，见到了小林。

"学姐好！"小林露出甜美的笑容，对着她鞠躬。

夏暖对的她印象很好，是个礼貌内敛的女孩，于是笑着向她微微颔首，打了声招呼："你就是小林吧，很高兴认识你。"

"希望学姐能多多指教。"小林有些不好意思地挠挠头。

"小林，你先去企划部吧，时间快到了。"夏暖低头看表道，"我随后就到。"

看着小林出去后，她转而对一旁的严若明道："学长你选的人不错。"

"难得能听到你的表扬啊！"严若明扶扶眼镜，轻笑了声，"你的选人标准我还是略知一二的，只可惜我没法在学校里再找出一个你来。"

夏暖玩笑着说："如果再找出一个我，我一定跟你递辞呈。"

"那还是算了，我只是不希望你太忙而已。我可不想你递辞呈，至少在我的社长任内别递。"他急忙摆手。

"呵呵，我开玩笑的！"夏暖拍了拍严若明，开怀笑道，"你还真不经逗！我总算找到比我还开不起玩笑的人了，我一定要和莞提提。"

他出乎意料地握住了夏暖欲要收回的手，声音异常温柔，"你这样笑起来真好看，你平时就是太少这样笑了。"

"你怎么没去表演系啊？"夏暖怔了片刻，然后仿若无事般地抽回手，笑问。

"我又不是演戏！我……"

夏暖没等他接着说完，就朝门外跑去，"我还去采访呢，再不走迟了。再见。"

"唉！"严若明还想再说什么，可是夏暖的身影已经消失在了拐角，于是只得自言自语道，"这次不行，就再找机会好了。不急，慢慢来，对，对……"

这边，夏暖在企划部长室的门口和小林碰了面，然后定了定心神，甩开严若明刚刚莫名其妙的神情，这才敲门道："我可以进来吗？"

"请进。"里面传来左司辰的声音。

她推开门，一眼就看见左司辰在办公桌上看着文件，他抬头："是你来啊？我还以为是许……"他说着突然噤声。

夏暖心中也猜到了一半，除了许静还有谁是他不愿在她面前提及的人呢？"我不是小心眼的人。"

左司辰听她语气淡淡的，觉出她的心情似乎不是很好，也没再多解释："我知道你不是，所以我没那意思，你别误解我。"

"我只是告诉你我没那么在意，你这么说才是误解我！"夏暖也不知道自己发了什么疯，口气冲了起来。

他关切地抓住她的手臂："夏暖，你今天怎么了？发生什么事了？"

"不，没事。对不起，是我自己情绪不对。"她望着他眼底深深的担忧，又想到小林还在一旁，于是勉力笑了笑，"我们开始吧。"然后侧首观察了下小林，她面上有一瞬的吃惊，却显然并不是多事的人，很快就进入了状态。

"好。"左司辰松开手，先坐了下来，"坐吧。可以开始了。"

闭着眼深吸了一口气，突然感觉胃里一下的刺痛，反而让夏暖很快冷静下来，打开笔记本电脑，开始提问："请问，学校举办这次的篮球赛有什么用意吗？对方的实力如何呢？"

"是这样。这次我们的对手是市里算得上一流的队伍，这次比赛纯粹是一场友谊赛，旨在提高我校校队的实战经验和综合实力。众所周知，三个月后……"

随后的整个采访过程都十分的顺利，左司辰显然是仔细看过了夏暖传来的问题，并且做了充分的准备，小林在一旁安静地听着，并做着记录。

半小时后，最后一个问题也已经回答完了。"好了，结束了。今天谢谢你了。"夏暖微笑着合上电脑，心中已经有了对于栏目的大体规划，"那我们就先走了。"

话毕，她起身，小林也跟着站到了她身边，夏暖嘱咐道："小林，你先回去整理下，晚上我们在Q上交流下意见。我想，你从这次起就开始锻炼。"

小林礼貌地告别，"好，学姐再见，学长再见。"

夏暖看她走远了，本也想走，突然想起什么似的停了脚步，回头对左司辰说："稿子出来需要给你先看下吗？"

"不用了。"左司辰对这个倒显得无所谓，转而又有些犹豫地问道，"你，没事吧？"他观察到刚才她总是不自觉地频频皱眉。

夏暖摆手笑着："啊？我没事啊！那，我先走了。"说完也不等左司辰再讲什么，就推门出去了。

她疾走了几步，确定左司辰不会跟来后才停下来，用拳头抵着胃，微微弓着身吐气："呵——"从刚才开始，她就有些胃疼，以前也有过闷痛，可这次却不一样，疼得尖锐。而且竟然这么久过去了，非但没有舒缓，反而更严重了。

一阵刺痛过去，夏暖只觉得经过一场大战，重新直起身子，竟有些后怕，小心地下着楼梯，仿佛稍微跨大一点步子，就会引起疼痛。

"啊！"本想赶回宿舍吃胃药的夏暖已经走到了教学楼后的拐角，胃里却突然像被刀狠狠割过一样传来剧痛，她没有防备，靠着墙滑坐在了地上，双手用力地抵住疼痛的地方，脸色苍白，紧紧地闭着眼。

"嗡，嗡……"口袋里的手机在这时候震动起来。

夏暖艰难地腾出一只手，接了电话。

"喂，你到宿舍了吗？没事吧？"是左司辰打来的。

"司辰……我胃病又犯了，疼得站不起来了……"夏暖听到他的声音，竟然觉得一阵委屈，隐忍了这么久的泪水终于决堤而出。她没有夸张，此时她的背后已经是冷汗淋淋了。她想，刚才那一下痛够铭记一段时间的了。

"你在哪？！"左司辰一听大急。他刚刚就应该想到的，怎么会让她一个人先走了呢？

胃里又传来一阵痛，甚至传到了心口，她只能说得断断续续："教学楼…后面……"

"好，你别急，我马上来！你等我！"左司辰甚至来不及将办公室里的电话对准了放下，就夺门而出，一路狂奔着。

夏暖怔怔地合上手机，时间好像倒退回了两年前的那个黄昏一样，那个时候她因为苏莞而绝望，现在她在疼痛中同样感觉到了无边的黑暗。

而她的所有表现，似乎都说明她一直坚信左司辰会是照亮她的阳光。

"你，还好吗？"左司辰很快在墙角发现了神色痛苦的夏暖，心中大恸。一个箭步冲到她身前，半蹲下来，搂住她的肩膀，一把将她揽在怀里，颤声问道。

他很清楚夏暖是个多坚强的人，小时候有一次，一块木片生生刺入她的指甲里，十指连心，她却连哼都没有哼一声。如果可以，他多么希望此时此刻可以代替她难过。

"药……"她没有挣扎，虚弱地吐出一个字。

左司辰的理智被她微弱的声音唤回，果断地打横抱起她，往医务室跑："你这样光吃药不行，我先带你去医务室！"

"你再忍忍。"他低头看着在自己怀里闭着眼的夏暖，沉声道，"很快就到了。"

她的眼睫毛轻轻颤了颤，虽然没有回话，却使左司辰稍微放心。

"嘿！司辰，你怎么在这？我终于找到你了！关于公关部……"是许静的声音。

"让开。"左司辰强忍下直接撞开这个挡路人的冲动，冷冷命令道。

许静那边似乎愣了下，随后又道："对不起，我今天实在是有事才会失约的……"

"我说，让开。"他低头，眼中只有怀里的夏暖，根本不听许静的解释，更是白白浪费许静那因歉意而飞上红霞的脸颊。

"唉，她怎么了？要不要我帮忙？"她还不死心，说着上前来一步。

左司辰这次不想再给她留情面，看准她错步的空当，与她冷漠地擦肩而过，没有一点留恋："我们的事，不麻烦你操心。"

许静面色煞白地僵在原地，张了张嘴，却没说出什么，最后冷哼一声，一跺脚后转身离开。

左司辰感到夏暖在那一瞬间抓紧了自己的衣襟，边跑边低头问："怎么了？马上就到了！就在前面了。"

夏暖却摇摇头，轻微地扯了扯嘴角。刚刚左司辰那一句"我们"，让她有一种说不出的感动和幸福，原本打在心中的那一个莫名其妙的结，也就这么莫名其妙地解开了，连她自己都说不清楚。

"方医生，你快帮她看看，她胃疼得厉害！"

"哦？来，放她躺那。"岩大里的这个校医方谦是出了名的老顽童，但医术却是过硬的，是许家高薪聘请的私人医生。所以用他的话说，他来这学校里干，根本不为钱，就为好玩。

左司辰依言将夏暖放在病床上，转身对方谦快速地说着："她以前就有胃病，但今天不知道为什么严重。"

"年轻人，别这么着急。来，让我瞧瞧。"方谦笑了两声，才开始检查，按了几个地方再加上询问后，对着夏暖和蔼道，"冷汗都痛出来了？年轻人就是不珍惜自己的身体。我开点药，再加一天的止痛药，吃下去会缓解很多。"

"谢谢。"夏暖的声音有些沙哑。

方谦点点头，坐回位置上写药方，边写还边说："年轻人情绪就是容易激动，你这两天情绪波动比以往都厉害，再加上饮食有些不规律才会这样。"说着，还略带深意地看了左司辰一眼，"谈恋爱也别太惊心动魄了，醋不是那么好吃的。万一下次是心脏受不了，可没得救了。"

夏暖脸一红，尴尬地答着："是，我以后会注意的。"偷偷瞥了眼左司辰，却发现他正若有所思地看着自己，唇边的笑若有若无。

"那，你先拿这些药给她服下一次，最小片的是止痛药，剩下六包里只有这两包有，如果不痛了就不要吃。"

"好。"左司辰接过，先放到一边，将夏暖扶起，垫好枕头，这才去倒了杯热水。

"呵呵，这样才对嘛。少吵架的好！"方谦拍了排左司辰的肩膀，"年轻人，好好加油，哈哈！老头子不打扰你们了。"说完哈哈大笑几声，就关上门走了。

"来，把药吞了。"左司辰倒不以为意，面色如常地递过药和水，"自己能拿吗？"

夏暖不敢抬头，匆匆地点了两下头，将药就着水咽下："呵……"

"怎么了？是不是水太烫了？"左司辰见她吞下药后又显出痛苦的神情，容色切切地问。

夏暖低着头，冲他摆摆手："不是，只是突然咽东西下去，胃好像受不了。一会儿止痛药起效就没事了。"边说边想要躺下。

左司辰连忙帮她将被子掩好："躺下休息会儿也好。"

没有回答，她轻轻地闭上眼，呼吸平静。左司辰也不离开，拉过一张凳子就坐在床边守着。

墙上的时钟嘀嘀嗒嗒地响着，不知道过了多久，夏暖感到有人用手指拂过自己的眉心，睁开眼，不期然地对上左司辰温柔却深沉的目光。

"你没睡？"

"药已经起效了，好很多。司辰，你这样看着我，在想什么？"她轻声地问。

左司辰沉声一笑："我在想，是不是每次只有你遇到难事的时候才会想起我？才肯叫我一声'司辰'，而不是泾渭分明的'左司辰'。"

"不是的！我没有，我只是……"她听他这样一说，大急，想要解释，可却又不知道怎么说才好。她只是每每无助的时候，只觉得他才是唯一可以依靠的人吗？第一个会想到的总是他吗？

"你别急，我瞎说的。"左司辰按住她，柔声道，"如果我真是这样看你的，那连我自己都觉得没资格见你了。"

"其实，我很高兴，在你心里，能第一时间想到我，两年前是这样，现在也如此。我清楚你平时要强，有什么都自己藏在心里，所以，我很高兴在你不想隐藏的时候，能成为你倾诉发泄的对象。"他目光深邃，让人沦陷。

夏暖这一次却没有再逃避，直视他道："司辰，再给我两个月的时间好吗？两个月，我想给你一个答复，也给自己一个答案。"

"傻瓜，我只希望你清楚自己要的是什么。不管最后结果怎样，我都尊重你的选择，我只希望你快乐。"左司辰揉揉她的头发，宠溺地笑着，"我只想能一直看到你的笑容，就足够了。"

"呜……"夏暖一下子扑进了他的怀里，用力地打着他的后背，带着哭腔喊着，"你干吗要这样？你可以要求我啊！你是木头人吗？被伤害了难道都没有感觉的吗！"

左司辰先是一怔，随后伸手环抱住她，有一下没一下地拍着她的后背，只是轻笑着，任她哭闹。

然后，打累了，哭够了，夏暖沉沉地睡了过去。左司辰发现怀里的人没了动静，低头凝望着她的睡颜，小心地吻了吻她的眉心，轻声喃喃："暖暖，我不是木头人，有的时候我也会很痛。但那些痛却都敌不过能守护你天长地久的幸福啊。"

轻手轻脚地将她放到床上，盖好被子，虽然知道她听不见，还是道："我去买晚饭，去去就来。"然后转身小声地关上门，只留下一声清响。

而夏暖的眼角却在门关上的同时，溢出了泪滴，无声淌落着，仿如断线的珍珠项链，沾湿了枕巾。

卷四　陪我看日出

黑夜漫长而寂寥，只有牵着你的手才不怕跌倒。

是你给我安定的力量，让我坚信，一旦破晓，

我们就都会长大。

谢谢你，谢谢你陪我去看日出，

那最美、最灿烂的日出。

那一刻，我收到了成长的礼物——

绚烂的青春和一双能够翱翔的翅膀。

——夏暖的博客《陪我看日出》

第十九章

人说，病来如山倒，病去如抽丝，夏暖觉得她这回算是深刻体会了。虽然吃了三天的药，但实际上在第二天就已经不痛了，就好像曾经入骨的疼都不过是自己的幻觉而已。

爱情是不是也是这样呢？曾经以为的天崩地裂，却其实根本没有发生过，即使真有其事，却也没留下丁点痕迹。

打开电脑里存小说的文件夹，里面静静地躺着一个文档，没有人知道她写过这样一篇短篇小说。小说的名字叫作《谢谢你让我这样爱过你》，是 S.H.E 的一首歌。她在小说里小心地将自己和Exclusive Angel 的一点一滴记录下来，然后再小心地珍藏。

但经过前几天的事情，她开始怀疑，现在自己心里有的，究竟是对 Exclusive Angel 的爱，还是对那段感情的爱。再打开小说来看，连她都不敢相信，自己曾经经历过这样一段不可磨灭的情感，像是属于别人的，陌生而熟悉。

轻轻叹息着，突然有人来敲门，于是起身去开门。

"暖，看！"苏莞笑眯眯地站在门口，从身后拿出一张什么，神秘地递到夏暖面前，"瞧，我设计的联欢会请帖！"

夏暖惊奇地接过，认真端详着，手中的是一张十分精致的小卡片，淡淡的暖色调，上面的图片是两枚刻"LOVE"的情人对戒。"很漂亮！"她称赞了句。

"我可费了不少工夫的，这对戒指是最新款式的哦。我打算把这次的联欢会办成一个浪漫的情人派对，精美的糕点，醉人的鸡尾酒，闪烁的灯光，悠扬的圆舞曲……啧啧，够让人期待吧？"

夏暖却摇摇头，泼了一盆冷水："这种期待可不会出现在我身上。"

"你是异类！"苏莞叉腰瞪着她，"人家早就出双入对了啊，就你，整天不知道在想什么！远的不说，就说你身边的人，这么多年了，你难道还看不出人家的心意吗？"

夏暖当然知道苏莞指的是谁："莞，别说了。我又何尝不苦恼，我对他的感觉连我自己都说不清楚。"

苏莞极少看到她低落至此，连忙跳开话题："好了，不说就不说，他活该等着！我们一起去准备会场，好不好？"

"我看你这小妮子是想去见学长吧？"夏暖轻笑着点点她的鼻尖，"你是他的正牌女友，做什么连见个面都要搞得这么复杂？"

"我不好意思老是假公济私嘛！"

夏暖朝她翻了个白眼，嘴里这么说着，手上却合上电脑，挽着苏莞出了宿舍："那你拉上我就好意思了？有两张脸可以丢？"

"我就知道暖最好了！"苏莞明媚地笑着。

夏暖看着她的灿烂笑容，想着，或者对于简单的人来说，连幸福都格外简单吧。

学校露天花园里，江逸海清朗挺拔的身影很容易就可以辨认，苏莞的眼睛从一开始就没有移开过，可手却始终挽住夏暖，没有过去找他。

"怎么不去？"夏暖挑眉问，"你们之间出了什么问题吗？"

"不是啦，我只是怕丢下你一个人。"苏莞急忙摇头，很为难的样子，"把暖一个人留在这里好像不太好。"

夏暖闻言弹了苏莞的额头一下，爽朗道："没关系，我可不想做电灯泡！这么点成人之美的事情我还是做得到的！快去吧！"说着，不由分说地把她朝江逸海那边推了出去。

苏莞又不放心地回头看了几眼，看到她的笑，这才安心地飞奔到江逸海的怀中，老远都可以听到她欣喜的呼唤，"逸海！好久没看到你了！"

"我们是昨天才见面的，你冲这么猛做什么？嗯？小心摔倒。"江逸海被她撞了个满怀，柔声道。

"好啊，你这么快就嫌我烦了！不想见我了……"

夏暖缓步往回走，苏莞半真半假的怨声和江逸海无奈又宠爱的安慰声，渐渐微弱下去。说实话，她不是不羡慕，可就像左司辰说的那样，自己是倔强的人，很多事情都不愿意承认。

"夏暖！"

"嗯？"抬眸，竟是严若明，夏暖有种想躲开他的想法，可还是得硬着头皮上去打招呼，"嗨，学长。"

严若明看起来很兴奋的样子，问道："你也要参加联欢会吗？"

"是啊，很难得的机会，百年一次啊。"她点头，然后垂首视地。

"那你有男伴了吗？"他接着问。

夏暖哑然，她甚少参加这类宴会，还真不知道要找个男伴。可还不及她回答，严若明就抢先开口了，"如果没有的话，不知道我有没有这个荣幸？"

她重新抬头，对上了他灼灼的目光，其中的感情已经是不言而喻。

微微皱眉，正踟蹰间，忽听得左司辰的声音："夏暖，你也来这？"

如获大赦，夏暖快步越过严若明，迎上去，出人意料地挽住了他的手臂："我陪莞来的，她这会儿和学长在一起。"说完，再开口，却无声，只做了个口型，"帮我。"

左司辰略微惊异，随后眼光扫过她身后站着的人，就了然地冲她点头，长臂一伸，不松不紧地圈住了她，却几不可察地皱了皱眉。

转过身，夏暖听见自己为两人互相介绍的声音，"司辰，这就是严若明学长。学长，他就是我晚会的男伴，左司辰。"

"学长好。"左司辰对他微微颔首。

严若明的目光一暗，片刻失落后，忽然笑着开口："虽然，我知道在别人的男朋友面前说这个不太好。尽管，答案我也已经很清楚，但我还是要说出来。"

"夏暖，我喜欢你。"严若明很认真地注视她，"请你做我的女朋友，好吗？"

"对不起。"她垂着眼帘，小声说着。

一声轻笑，严若明貌似轻松，转而对左司辰道："我早该猜到了。那么，我祝福你们，希望你们能好好对待她。"

"我会的。"左司辰说完，低下头，将手臂紧了紧，"我们走吧。"

夏暖点点头，任由他将自己带离花园，也全然不敢回头去看严若明，生怕看到的是他受伤的表情。

"哎。"走了一段后，她终于还是叹了口气。

"为什么叹气？"他放开手，面对她问，"你喜欢他吗？"

"不是！我只是有点不舒服，毕竟，毕竟在社里的时候合作得也蛮愉快的。今天这样……"夏暖焦急地解释，抓住他的手，"你说，我今天这样做是不是过了？"

左司辰摇摇头，轻柔地将她顺势带进怀里，感到她并无不适，才接着道："你已经做得很好了。不可能凡事都面面俱到，与其等到日后他陷得更深，不如现在就让他明白你的心意，还来得及全身而退。看起来，他是个放得下的人。"

"那你呢？两年前在医院的那天晚上，我就告诉过你，我的心意。你为什么不退？为什么不放下？"她将头埋进他的怀里，熟悉的薄荷味若隐若现，每次，她最脆弱的时候，这淡淡的薄荷味总是能让她安心。

"因为我不想退，也不想放。"他低沉的声音从头顶传来，"不论你的心意是什么，都和我的进退无关。从我爱上你的那刻起，我就已经没有退路了。"

伸手环住他，夏暖感到自己的泪打湿了他的衣襟，好像每一次在他的面前，眼泪就会不受控制一样。在这世界上，看过自己哭泣最多的人，大概就是左司辰了吧。那么，就放纵自己一次吧，忘掉那个早就该退出自己生命的人，去拥抱眼前的幸福吧。

左司辰先是一震，然后抬手摸了摸她的长发："我不希望你为了我勉强自己。你原本就凡事都太迁就别人了。"

"我没有勉强自己，至少在这一刻，我是真的想这样做。司辰，我们在一起吧。"她抬头，望着他。从来没有这样仔细地看过他，原来左司辰早已不再是小时候那个调皮的男孩了，他现在，已经有了宽厚的肩膀和怀抱，总够将她轻松地收容。

"唉……"左司辰又是轻声叹息，伸手遮住她的眸，"傻瓜，别再想这些了。两个月，让时间帮我们做选择吧。"

"好。"夏暖重新低下头，低低地应着。

"以后，别再那么迁就别人了。多为自己想想。"

"好。"

"记得多吃点。"

"好。嗯？"她原本下意识地回答，而后发现不对，抬头用眼神询问道。

"我说让你多吃点啊！不然抱起来会硌到骨头哦。我可不希望两个月后还是这样。"左司辰一改刚才的沉重，眼里满是戏谑。

夏暖用力地推开他，狠狠地剜了他一眼："硌死你最好！谁稀罕！"然后故作生气地转身，把长发甩到他的脸上后，再迈着大步地离开，头也不回。

左司辰留在原地，满意地看到她转身时嘴角的笑意，也歪着头轻笑出声。还有什么比看到她灿烂的笑容更幸福的事呢？所以，这样就足够了，不是吗？

第二十章

学校食堂。

"暖，你什么时候能吃这么多？"苏莞看着夏暖端了比往常都要多的饭菜，惊讶地指着其中的肥肉问道，"你不是最讨厌吃这个吗？"

"啊，没什么。我最近胃口比较好，想多吃一点而已。"夏暖打着哈哈，"肥肉不把它当肥肉看，有时候也是可以吃的嘛。"

苏莞凑近她："不对，有阴谋！快说，怎么回事？"

"真没事！"她连忙把头埋进碗，不看苏莞，自顾自地吃起来，"最近食堂里的伙食变好吃了，你不觉得吗？"

苏莞将信将疑地退回自己的座位："姑且相信你好了。"

夏暖含糊地应了声，点点头，就又吃起来了。其实，她回去之后去称了下自己的体重，确实轻点，仔细端详自己以后，确实看起来瘦了点。于是，她开始多吃东西，但是她认定自己绝对不是因为左司辰而吃的。对，绝对不是受了他的刺激。

"不对，不对啊！不过，你要不想说就算了，反正我也赞成把你养胖些。"苏莞说着往夏暖的碗里又夹了点肉。

　　夏暖看着流油的肥肉，皱了皱眉，心一横，塞进嘴里狠嚼了几下，然后匆匆吞下去。

　　"看着够难受的。"苏莞摇摇头，白了她一眼，"这么勉强还吃什么啊？"

　　夏暖却一脸认真："多吃几次就习惯了啊！挑食确实不太好。"

　　"暖，再过一周就是联欢会了。"苏莞突然显得有些感叹，"你不觉得时间过得很快吗？不知不觉的，我们也过完大学一半的生活了呢。"

　　"是啊。很多事情好像还在昨天一样呢。"夏暖也放下筷子，暖暖地看着苏莞，"唯一没有变的，却也就在身边。"

　　苏莞轻轻地坐到她旁边，挽住她的手，将头靠在夏暖的肩头："暖，我们一定要一直这样好好地生活下去。你说，好不好？"

　　"好。一直一直。"夏暖想，或许很多感情不经历时间和命运的考验，都是难以被人们重视的，唯有曾经一度失去，才会珍惜拥有的日子。

　　"暖，你能不能在联欢会那天好好打扮下啊？听说，你要和左司辰一起出席？"苏莞却突然抬起头来，暧昧地冲夏暖挤眼睛。

　　夏暖这次倒不似从前那样避讳，点头承认："既然真的要什么男伴，他最合适了。不过，好好打扮，我倒不大会。"说到这里，她不由皱眉。

　　"你可别告诉我，你打算穿着白衬衫加牛仔裤参加吧？！"苏莞一脸看到外星人的样子。

　　"怎么了？"夏暖不解。

　　苏莞抚额："天啊！你难道不知道，这类类似于宴会一样的活动，至少得穿得隆重一些吗？不说晚礼服，怎么着女孩子也应该穿一套裙装吧！"

"是吗？"夏暖一脸懵懂无知的样子。

苏莞拍着胸脯，保证道："唉，这样吧。晚会前的下午，我们一起去步行街逛逛，帮你挑一套合适的裙子。嘿嘿，我总算可以看到你穿蓝色裙子的样子了！你放心，保证让你成为最引人注目的一个！"

夏暖本来想说她并不想惹人注目，可对上苏莞兴奋而期待的目光，不忍驳她，只能点头应下了。

于是，星期天的时候，夏暖就如约在步行街的车站下车，等着苏莞来。

抬手看了看表，发现已经超过约好的时间十多分钟了，她皱皱眉，刚想打电话，手机先响了。

"喂！暖啊，我今天突然有点急事，没办法陪你了。不过，我帮你另外找了人，应该马上就到了，你再等等啊！"话筒那边苏莞一口气地说下来。

夏暖一听，连忙喊住她："唉！莞，你别挂啊！你找了谁啊？"随便什么个人，她会很不自在的。

"放心，包君满意！"她在电话那边长笑了几声后就挂了电话，"就这样吧，祝你今天玩得开心，哈哈！拜拜！"挂完电话，苏莞奸笑着想，左司辰，可别怪我没给你们制造机会哦！

夏暖听着话筒里传来的"嘟嘟"声，彻底僵化了。然后，她看到了更让她无语的人——左司辰正向自己跑来。这就是苏莞给自己找的人吗？好，她夏暖记住了，如果这不是苏莞早打好的算盘，她的名字就倒着写。

"对不起，我来迟了。小莞突然通知我，说你将被她放鸽子，我就过来了。"左司辰喘着气，在她的面前停下。

夏暖不甘地跺脚道："莞绝对是故意的，我们都被她给算计了！"

左司辰挠挠头，倒不甚在意："哦。可她说什么要陪你去买一条联欢会上穿的裙子？"

"是啊，她说到时候大家都会穿得很隆重，叫我买件裙装。"夏暖点头，然后摊手，"谁知道这小妮子一肚子坏水。"

"穿得隆重是夸张了些，但我想基本上女孩子都会精心打扮的。"左司辰摸着下巴，"裙子确实少不了。"

夏暖指着一家装修不错的服装店，道："那走吧，去前面那家店里看看。"

左司辰点头，迈开步子，从她身边走过，很自然地握住了她的手："好，走吧。"

温暖很快包裹住了她的手，她犹豫了，最后却不知为了什么而妥协，没有将手从左司辰的手中抽出。

这家店的环境夏暖很满意，很干净，店里刚好也没顾客。只可惜一进店里，售货小姐就一直在为她介绍："小姐，你看这条水蓝色的裙子，衬你的肤色一定很好看！"

"你穿着蓝色的裙子一定会很好看的。"

夏暖看着售货小姐为她拿出的裙子，想到了苏莞曾经说过的话，自己当时敷衍地答应着，却不想以后的时光里，一直没能实现。

回头看了看左司辰，正望见他带着鼓励的眼神，于是笑着点点头："好，请问在哪里试穿？"

"这边请。"

"我在这等你。"对上夏暖的目光，左司辰眼中带着笑道。

夏暖闻言，这才放心地进了试衣间。

　　左司辰看着她进去了，就斜斜地倚着一旁的墙站着，刘海微微遮了眼，看似随意却是说不出的帅气。惹来不少女店员爱慕的目光。

　　"先生，你女朋友真漂亮啊！"一个男店员似乎有些吃味，说了句。

　　左司辰抬头，微笑道："她不是我女朋友。"

　　"怎么可能？他们看起来那么深情啊！不过，不是的话，岂不是最好啦！这样我就有机会了，但愿他能多来几次。"有个藏不住话的女店员，偷偷对旁边的人嘀咕，声音虽然不大，却也正好入了左司辰的耳。

　　"就你？"一旁的人打趣道。

　　他听了，摇摇头，还是笑着。

　　"吱呀。"试衣间的门打开了，夏暖从里面走了出来，一身水蓝色的长裙，乌黑的长发披散下来，配上白色的低跟鞋，周身散发出的光芒是那样的柔和和美丽。

　　左司辰眼底闪过惊艳，在他眼中夏暖一直是最美的，但他却从不曾想象精心打扮过后的她会美得这样不真实。

　　心下一紧，快步迎上，一眨不眨地注视着她。

　　"怎么？很不好看吗？"夏暖见左司辰这么看着自己，有些不知所措。

　　"不是，是太美了。"他牵过她的手，带她走到镜子前，"你自己看。"

　　夏暖却无心欣赏，眼中满是忧虑："可是，我有点怕。"

　　"我知道你在怕什么。放心，你的发很浓，没有人会注意到的。"左司辰伸手轻轻环住她，"疤经过这么多年也该淡了，还有我在，不是吗？"

夏暖看着镜子中的左司辰，目光是那样的温柔而深情，竟有一秒心跳漏了节拍。

转过身，握住他的手："你说得对，该放下的，也是时候放下了。其实我不能面对的不是这个疤。"

"我明白的，不需要勉强自己，今天还不能全放下，那么明白再努力，都由我陪着你。"左司辰深深地握住她的手。

"那个，先生，你们应该是要去比较重要的场合吧？要不要选一件相配的礼服呢？"刚才那个男店员轻咳了咳。

"好啊，麻烦了。"左司辰一派若无其事的样子，全然不觉尴尬，夏暖却不由红了脸。

"你等我下，很快。"

她点点头，一时不敢抬头。

左司辰去试衣后，店里安静了许多，夏暖静静地坐在一旁，面上带着恬静的笑，心中有着隐隐的期待，期待左司辰出现的一刻。

"美丽的小姐，不知道有没有荣幸邀请你呢？"突然上头传来清越的男声。

夏暖仰头对上左司辰深邃的眸，一身白色礼服的他显得挺拔俊朗，于是浅笑着将手搭在了他的手中，任由他紧紧握住，缓缓站起了身，轻声道："当然可以了，司辰。"

第二十一章

"我校百年校庆联欢晚会正式开始！"

"咝……"

"莞……"夏暖无奈，这已经是苏莞第二十次倒抽冷气了。

苏莞却兴致不减，夸张道："真的，暖，我从没见过你这么美的样子！怎么就没人选你当校花呢？你和左司辰刚刚出现的时候，简直是一对画中人啊！"

这次的夏暖出人意料地没有出声反驳，以前的她，总会嗔苏莞乱说。

"呦！呦！有阴谋！"苏莞是什么人，马上就发现了问题所在，"出去一趟，果然进步神速啊！看来我安排得不错！"

"她自己招了。"左司辰笑得有些骇人，颇有深意地和夏暖对视了一眼。

苏莞的神经立刻拉响警报，"救命啊！谋杀了！逸海，救我——"小时候，只要左司辰和夏暖这样对视，就代表——他们要挠她痒了！她天不怕，地不怕，就怕痒。

江逸海正是时候走过来，就见苏莞一边大叫一边往自己身后跑："怎么了？"

"逸海，你得帮我啊！"苏莞躲在江逸海身后，紧抓着他的衣角不放，"他们要挠我痒，我最怕痒了！"

夏暖难得的好心情，决定逗苏莞一逗："学长，你可不能偏心啊！"

"呵呵，你说得对，我是不能偏心。所以……"说着，江逸海回头看向苏莞，同样不怀好意。

"所以什么？"苏莞有点转不过弯。

"所以就由我亲自来执行好了！"江逸海夸张地举起手，要抓她痒。

苏莞急忙向后跳了一大步："你们怎么合伙一起欺负我！"话音未落，拔腿就跑，江逸海则紧追不舍。

"你再这样，我就和你分手！"

"哈哈，哈哈，我投降，我投降！别挠了！"

"还和不和我分手？以后不准乱说！"

"好，哈哈，好，我不说就是了，饶了我吧……"

两人打闹的声音越来越远，夏暖和左司辰听着这样的对话，都是忍俊不禁。

"学长和莞在一起时，就像个孩子。"夏暖真心地替苏莞高兴。

"这位美丽的小姐，我有幸请你跳第一支舞吗？"侧首，左司辰向她伸出了手，姿势优雅，面上带着笑。

夏暖剜了他一眼，"今天怎么都这么不正经！"不过，说是这样说，手却搭上了他的。这双手，该是她渴盼已久，握一辈子都不会觉得厌烦的吧。

　　音乐响起，每个人都邀到了自己的舞伴，成双成对地滑入了舞池。

Close my eyes and feel your mind

Time has passed

I walk like a shadow

Never knew what I am going through

You touch my heart and take my breath away

Whisper on the wind so softly

Let the bright stars fill our dreams with love

Reach for your hand (You're holding my key)

And you show me the way

I wish we could stay forever as one

All the tears that haunt my past

You promised it'll be better tomorrow

Play that song

You and I listened to

And let it gently ease our pain

Tender rain drops from the blue sky

Flowers blooming, life is so divine

Like sunlight on a stream (You're holding my key)

You show the world to me

So much love in this beautiful world

Search for the brightest star in the sky

You will find the meaning of love

Don't be afraid (Don't be afraid)

Just be yourself (Just be yourself)

We need this love... I've never knew……

　　夏暖听过这首 *Tonight I feel close to you*，她很喜欢这歌的旋律，仓木麻衣和孙燕姿的和声也让她沉醉，而她最喜欢的，是歌词。

　　你触碰了我的心　把我的呼吸带走

　　在风中柔软地轻声说话

　　让闪亮的星星用爱充满我们的梦想

　　触碰你的手（你拿着我的答案）

　　你为我指路

　　我希望我们能像一个人一样永远生活下去

　　夏暖想，或许左司辰就是她的答案了吧。没有惊天动地，也不需要分分合合，平淡温暖，像一杯带着淡淡甜味的蜜水，不会腻烦，甚至会让人渐渐着迷，无法戒掉。

　　看着彼此握着手，夏暖偏着头浅浅地笑了，这是一种幸福的感觉，是任何人替代不了的。以前，是自己太傻了，明明幸福近在眼前，却不敢接近。

　　"今天晚上你和平时有些不一样。"左司辰带着磁性的声音在耳边响起。

　　夏暖望向他，柔声说："只是想通了一些事情而已。"

"我很高兴。"他带着她旋转着。

夏暖笑着问他："为什么？"

"这代表我有希望了。"左司辰一副得意的样子。

"哦？你这么自信？我只是觉得莞说得对，身边的好男孩挺多的，都应该给人家一个机会。"夏暖挑眉，慢条斯理地说着，"否则既耽误了人家，又对不起了自己不是？"

左司辰一脸的不可置信，眼中却带着了然的笑意，嘴里还是顺着她的说："那就麻烦你看在我们青梅竹马的份上，给我个大点的机会了。"

夏暖横了他一眼，笑着撞开他，下了舞池，此时正好是一曲终了。

"我能请你跳下一支舞吗？"左司辰正想跟着下去，一个看起来很文静女孩迎面而来，看样子是鼓起了很大勇气，脸透着红。

左司辰望了夏暖一眼，看她笑着对自己点头，不由觉得自己多虑。于是自然地接过女孩的手，再次滑入舞池。

"嗨！夏暖！"夏暖回头，看到严若明向自己招手走来，表情自然，赞美道，"你今天很漂亮！"

夏暖看得出他已经放下，心中宽慰，点头笑道："谢谢。"转而发现他身后跟着个女孩，眉眼间和他隐约有些相似，"这位是？"

"看我，忘了介绍了！这是我的妹妹，严若华。"严若明让开半边身，介绍道。

"你好。"夏暖主动打招呼。可严若华却显得不很友善，把头偏开一边。"若华，你做什么呢？"严若明小声提醒她。

"学姐好！"严若华一脸的不情愿，说完就转向严若明，撒娇道，"哥，你不是说有好玩好吃的吗？别干站在这儿了，带我去啊！"说着，跑到他身后，推着他往前走。

严若明敌不过妹妹，只好边走边回头对夏暖道歉，"对不起，我得先走了。"

"没事，你去吧。"夏暖摇摇头，严若华也无非是个小孩子脾气，对自己有敌意也很正常。

夏暖一个人坐在一旁，第二支舞结束后她听到了苏莞的声音，"欢迎大家来参加校庆联欢会，我们为大家准备了许多饮料和精致的糕点，马上会用餐车推上来，请大家尽情享用！谢谢大家！"

底下是雷鸣般的掌声。

夏暖恍然想起苏莞曾经对她说过的话，她说："不论怎样，你的光芒总是笼罩着我！"

现在却不一样了，她在台上闪闪发光，而自己，坐在底下，看着她这样，夏暖真心替她高兴。

其实每个人都不一样，都有自己的舞台，当你站在台上发光发热时，所有人都在看着你。但当你走下台，散去光芒时，看着你的人只有一个人——那个白天黑夜都把你牵挂的人。

夏暖感觉到苏莞带着骄傲和笑的目光望向自己，停留片刻，转而又看向江逸海。她想，这个道理莞一定也明白了。

第二十二章

"哥！你怎么没有一点不甘心啊?！"另一边，严若华大为不平，跺脚道。

严若明正拿起一杯葡萄酒，挑眉道："我为什么要不甘心啊?我看她和左司辰在一起挺好的，她今晚整个人都不一样了。"

"你就是太老实了！"严若华气道。

"你这丫头，哪有你这样说自己的哥哥的？"严若明嘴上骂她，神色仍是宠溺，不是原则问题，他都愿意顺着这个妹妹来。

谁知道严若华冲他做了个大鬼脸，然后就转身不知道跑哪了，她决定给夏暖一个下马威，替哥哥报仇。

"你去哪儿?！"严若明叫不回她，头疼地抚额，算了，一会儿再去找他这个任性的妹妹好了。

夏暖看了看表，似乎已经过去很久了，两支舞也该跳完了，于是她起身，走到离舞池比较近的餐车附近，眺望着寻找左司辰的身影。

"学姐！"突然身后有人拍自己的肩膀，竟是严若华，"怎么不喝点东西？"说着，她自己先拿起了一杯橙汁。

夏暖微微惊讶于她突然的态度转变，模糊地应了声："哦，我不是很渴，又想事情，给忘了。"

"是不是在后悔没有接受我哥？"严若华冷不丁地来了句。

夏暖一怔："我……"

"没事，我随便问的。"她讪笑着，"喝饮料吧，你要什么？"说着似要帮夏暖拿。

夏暖连忙摆手，微微弯腰要去拿苹果汁："我自己来。"

严若华表情一僵，可恶，她本想在饮料里加点辣椒的！

正着急，却发现夏暖的长发因为弯腰而有些散开。"呀！学姐，你脖子后怎么有个这么深的疤？！当时一定很痛吧？"严若华惊讶地大呼道。

手一颤，果汁撒在了裙子上，夏暖紧紧地咬着唇，脸色一片苍白。她不要想起！她不要回到那个时候，那个时候，她没有办法，如果不推开莞……可她永远也无法忘记，卡车鸣着喇叭冲她飞驶而来，然后，撞上了她，那一刻，她只觉得整个身体都不是自己的。

那是生死的边缘，这些年来她尽量不让自己想起的，就是死神来临的恐惧！惧怕分成很多种，但最可怕的其实是后怕。

严若华也发现夏暖的表情有些不对劲："学姐，你怎么了？"

"对不起……"夏暖神经质一般地推开凑上来的严若华，失魂落魄地跑出了会场。

"夏暖！"左司辰刚从医务室出来，那个女孩扭了脚，耽误了不少时间。可他一来就看到了这一幕，心平白一慌，来不及理被推倒的严若华，就追了出去。

不会的！他不会让悲剧重演，暖暖是他的，谁也带不走！老天也不行！

"若华，你怎么摔了？这么不小心！"严若明找了半天，发现妹妹摔在地上，忙扶起她。

"哪里是我摔了！是学姐推的我！"严若华抱怨道。

严若明一听不高兴了："她不是那种人，少乱说。"

"我没有！"严若华正要辩解，居然又有人从后面推了自己一下，"谁啊?！"

"你是不是说了什么！"苏莞刚刚在老远就看到了这一幕，可惜人太多，一时竟过不去。

严若华大喊："我哪有说什么！"

"暖不可能突然这样反常！"苏莞激动地又想冲上去，因着江逸海在一旁，不愿意搅了联欢会，硬是按捺着。

"我不过就是问她脖子后面为什么会有疤而已。"严若华不服气地喃喃，"谁知道她突然这样？"

苏莞听了，有一刻失神，马上像疯了一样就要追出去。

"左司辰已经追出去了！"江逸海却拉住了她。苏莞没反应，一力要挣脱他。"更何况他们已经离开很久了，你现在去能找到吗?！你去，她会好吗?！"江逸海大声道。

苏莞仿佛突然没了气力，低着头站在原地，一言不发。

"若华，你怎么能这样？"严若明虽然不明其中曲折，但看苏莞的反应，也知道是自己的妹妹没有分寸。

"哥！我是为你抱不平！"严若华也哭了，她没想到事情会这么严重，这原本只是在她心中规划好的一个小小的恶作剧而已。

"你怎么……"严若明看着严若华已经哭了，又不忍心责骂。

"你以为你了解暖吗?！她的过去是你永远无法想象和插手

的！"苏莞却突然抬起头，激动地对严若明大喊道，"真正能走进暖心里的人，只有左司辰！只有他，才是陪着她走过绝望的人！你明白吗?！"

她说的每句话都像插在严若明心口的刀，原来如此，原来如此。如果说先前的他还以为自己是了解夏暖的，那么现在他才终于明白，自己所谓的了解，或许还不及左司辰的千分之一。

张张口，他最终只能吐出四个字："我很抱歉。"

苏莞还想再说，却被江逸海制止了："够了，莞儿，够了，别再说了，好吗？"他紧紧地搂着她，只觉得她的全身都在不自觉地颤抖着。方才，严若华所触及到的，不只是夏暖的伤口，更是苏莞深深的愧疚和疼。

苏莞愣愣地回过头，望着江逸海带着痛的眼神，终是垂下了头，任他将自己带离人群。

"莞儿。"江逸海将她圈进怀里，过了好久才轻轻地唤了她一声。

"逸海？"苏莞在他的怀里渐渐冷静下来，于是对他说，"我没事了，真的。你丢下联欢会在这里陪我这么久，已经够了。"

"嗯。"江逸海低低地应了声，却完全没有要走的意思。

他不说话，苏莞就静静等着。

又过了一会儿，江逸海才再次开口，有些黯然："莞儿，你的过去，是不是同样也是我所无法想象和插手的？"

苏莞听不出他这一问是何意，一时慌了，连忙想要抬头看清他的表情，却被他的手按回怀中，只听得他继续说道："其实，不用问我也知道的。毕竟，过去是任何人都无法改写的。你的过去没有我，是事实。"

"逸海！我……我和暖不一样。虽然，我也不知道哪里不一样，但是我就是觉得除了左司辰，她不可能再和别人在一起。我真的没有别的意思！"她急于想要辩解，却发现似乎怎样都无法表达自己的想法。

"我明白。"夜幕中，江逸海的唇角轻轻上扬。

她下意识地重复："你明白？"

"我明白你心里想说什么，所以除了乍一听有些受伤以外，我没有别的想法。"江逸海放开她，微微俯下身，眼中的光彩灿若星辰，"我只是想说，你的过去我无法改写，但你的未来，我写定了！"

"啊？"苏莞从没听过江逸海如此霸道的情话，不知道该如何回应。感到自己的脸在发烧，只能在心里暗骂自己没用。

"莞儿，好吗？"江逸海的呢喃在轻轻响起，苏莞低低地应了声，还来不及开口问他什么好吗，就已经被他吻住了唇。

星星眨着眼，看着草地上的一对恋人，悄悄地红了脸。

第二十三章

"夏暖！夏暖！停下来！"左司辰大喊着，恨不得自己能飞起来，前面就是马路了。可夏暖还是一副失神的样子，仿佛在往前跑的不是她。

"暖暖！我求你停下来……"

就是这一声暖暖，让夏暖奇迹般地停了下来，而一辆车正在这时从她身前飞驰而过。

左司辰趁着这个空当，大力地拽过她的手臂，将她拥在怀里，大喝道："你知道不知道这有多危险！你到底想惩罚谁?！"

"这次，即使是一个转身的错过，我也不能容许！我要你现在就忘记，忘记那些事情，善待自己！"他真的不敢想象，如果刚才她没能及时停住，会怎样……

"即使我真的迟了，也请相信，那只是一个转身的错过而已。"

"Exclusive Angel？"夏暖猛然推开他，目光渐渐清明，"你把刚才的话再说一遍。"

左司辰没想到自己情急之下，竟然露了破绽，"暖暖，你听我说……"

"你再说一遍！"夏暖打断他，"把曾经对我说的话，再说一遍。"

"好，好，我说。"左司辰怕她再次过度激动，只能顺着她，"我说过，只要你开心就好。我说过，我永远不会让暖暖等待我，即使我真的迟了，也请相信，那只是一个转身的错过而已。我还说过，我会永远陪着你。不是在你身边，是在你的心里，我永远会在。"

左司辰着急地说着，却没有注意到夏暖脸上渐渐放大的笑容："所以，你以后会信守这些承诺吗？"

"我当然会！"左司辰忙不迭地点头。

"扑哧！"夏暖流着泪，笑了出来。然后，她慢慢地走近左司辰，伸手环住了他的腰，将头轻轻靠着他的胸膛，"所以，你以后还是我的 Exclusive Angel，对吗？"

左司辰不可置信地唤着她："暖暖……"

"我答应你，我会忘记这些，我会善待我自己。但是，你要陪在我身边，否则我怕我会没有勇气。"夏暖低低地说着。

"我会的。我会给你勇气。我并不是嫌弃那段过去，因为不管是甜还是苦，那都是我们生命中的一部分。只是我希望岁月能让那些痛苦淡去。"左司辰拥住她，柔声说，"只要是你的，不管什么，我都喜欢。"

然后，他轻柔地拂开了夏暖的长发，一道延伸至下的疤随即暴露在路灯下。夏暖紧紧地攥住了他的衣角。左司辰轻笑一声："我爱你……"

他吻上了那道骇人的伤疤。

"司辰……"夏暖再也说不出话来，泪水终是浸湿了左司辰的衣襟。夏暖记得自己在网站上看过，说天秤座在爱情里常常因为被动而错过真爱。过去的自己确实太被动了，但好在，她最终没有因此错过左司辰……

昏黄的灯光下，两人相拥的身影是那样的唯美，尽管一旁是川流不息地车潮，时间在两人的心里却好似静止了。

街边的 CD 店中传来 Tank 温柔深沉的歌声：

　　我不会怪你对我的伪装

　　天使在人间是该藏好翅膀

　　人们愚蠢鲁莽而你纤细善良

　　怎能让你为了我被碰伤

　　小小的手掌厚厚的温暖

　　你总能平复我不安的夜晚

　　不敢想的梦想透过你的眼光

　　我才看见它原来在前方

　　没有谁能把你抢离我身旁

　　你是我的专属天使

　　唯我能独占

　　没有谁能取代你在我心上

　　拥有一个专属天使

　　我哪里还需要别的愿望

　　……

　　要不是你出现

　　我一定还在沉睡

　　绝望的以为生命只有黑夜

没有谁能把你抢离我身旁

你是我的专属天使

唯我能独占

没有谁能取代你在我心上

拥有一个专属天使

我哪里还需要别的愿望

"我们去看日出，好吗？"良久过后，夏暖才轻声说道。

"好。"

"那我们要不要准备点什么？还有……"

"不需要想那么多。"左司辰将她拉开一段距离。

夏暖有些反应不过来："啊？"

"以后这些事情都可以交给我，不需要凡事总是由自己考虑，那样太累了。试着依赖我，好吗？"他深深地望着她，眼里是醉人的温柔。

"好。"夏暖幸福地红了脸颊。

第二十四章

三天后，是夏暖的生日，去看日出的日子，也选在这一天。

晚上十点，左司辰接夏暖来到了海滩上。海风习习，在夏夜吹起来格外的凉爽。

"喜欢吗？"左司辰早在海滩上生起了一堆篝火，一旁还摆着一些水和食物。

火红的篝火在茫茫的黑夜中照亮了一小片天地，就像每个人，其实都在心中最温暖的地方点着一把火，等待另一个人来发现。

夏暖的脸颊被照得红彤彤的："喜欢。"

"暖！"

夏暖几乎以为自己出现了幻觉，怎么会听到苏莞的声音？

"暖！这儿！"这确实是苏莞没错了，夏暖和左司辰相视一眼，同时望向了声音传来的地方。

只见苏莞和江逸海竟然都来了，苏莞正蹦蹦跳跳着往这边奔来。

夏暖用眼神询问左司辰，左司辰也是一脸的不知情，耸肩道："我可没告诉他们，不知道他们怎么会来的。"

"你们两个真是的！好歹是夏暖的生日，你们怎么能自己躲到这种地方呢？"苏莞很快就到了两人面前，戳着夏暖的肩膀质问，"你凭良心说，你哪一次生日我没有参加？没想到你也是个见色忘友的！"

夏暖被她这么一说，还真觉得自己没有考虑到她的心情："对不起，我……"

"好啦！我开玩笑的！这不是，我和逸海都找来了！"苏莞道。

"你是不是跟踪我了，小莞？"左司辰可没夏暖那么好说话，他正郁闷呢，原本以为会是难得的二人世界。

苏莞连忙猫着身躲到江逸海身后："不是我，是他！"

江逸海无奈地笑着："你这小妮子，这么快就把我给卖了！"

话音未落，四个人都相视而笑了。

"我……其实矛盾过，在还不知道你就是他以前，我总在想，是应该屈从于现实的温暖，还是应该怀抱美好的思念。"夏暖跟在左司辰身后，行走在蜿蜒的海岸线上，任由海浪亲吻着脚面，身后还传来苏莞嬉笑的声音。

左司辰问："那现在呢？"

"在知道你就是他后，我仍然有一刻的矛盾。我……我害怕将依赖错当成爱情，害怕将感激错当成爱情，也害怕将执念错当成爱情。"夏暖低着头，"但是，当你拥住我的那一刻，我突然明白，原来当我面对你的时候，我会失常，我会嫉妒，我会难过……我只要站在你面前，我就会失去理智。"

苏莞曾经和她说过，只要天秤座的女生愿意，她就能拥有许多朋友。来到大学以后，因为社团工作和学生工作的需要，夏暖也感觉到了自己的朋友圈越来越大，然而不论认识的异性有多少，左司辰在她心里都是特殊而隐秘的存在。

"你说，这算不算爱情呢？"夏暖抬起头，发现左司辰也停下了脚步，回身凝望着自己。

他问："你是怎么知道我对你的感觉的呢？"紧接着，他放声大笑。

"啊？"夏暖先是一怔，随后就跟着他笑开来了。

原来，他们对彼此的感觉，是一样的。

夏暖快活地提起裙子，越过左司辰，在海浪中跳跃着，奔跑着："你知道吗?! 我从来都没有像这一刻这样轻松愉悦过！你能感受到吗？能感受到吗？"

"是！我知道！我都知道！"左司辰追逐着她，两人嬉戏打闹着，"我也好轻松！好愉悦！"

"你？"夏暖纵情地笑着，叫着，猛然间回身，却不敢相信自己的眼睛。

王律就这样带着微笑，站在夏暖的面前，在夜幕之中，他的那双眼睛比以前更为明亮有神了。

"你……你怎么会在这儿？"夏暖怔怔地问。

王律没有回答她的问题，见左司辰也跟了上来，才问道："好久不见，不知道你们一切都还好吗？"

"还好。"夏暖点头。

"律，这个，是谁？"从王律身后冒出一个金发碧眼的外国女孩，长相可爱，身材娇小，用一口不怎么标准的中文问道。

"安娜，他们是我在中国的朋友。"王律将她拉到身边，介绍道，"她叫夏暖，他叫左司辰。"

"你们好。"安娜笑容甜美，伸出手，"我叫安娜，是律的女朋友。"

夏暖微微一讶后，是深深的释怀，和她握手："你好。"

左司辰也与安娜握了手："欢迎你加入我们。"

"是吗？我可以吗？"安娜显得异常的兴奋，"我们去那边好不好？远远地看过去，那里很亮啊！"她指着架起篝火的地方。

左司辰用眼神征求夏暖意见后，欣然道："那么请跟我来吧。"

安娜笑嘻嘻地回头看了王律一眼，这才和左司辰一起走远了。

王律率先迈开脚步，往前走着，他的声音比以前变得低沉，"几年不见，你变了很多。"

"是吗？你也变了很多。"夏暖道。

王律眺望着海面："你比以前更快乐了，也更幸福了。我很感激左司辰，让你从那场不幸中走了出来。"

"你眼神比以前看起来更果断了，也更勇敢了。我想，这应该是安娜的功劳吧。"夏暖浅笑着。

"是。安娜她，是上天对我的恩赐，重新照亮了我的生命。"王律讲到安娜时，眼中有着异样的光彩和深沉的爱恋，"她那么热情，让我无法不被感染，更加无法不动心。"

当初王律的黯然离开，同样也是夏暖心中的一个结，"所以，我也很感谢她。"或许天秤座就是这样，当时自顾不暇了，却还想着他人感受。

"现在想来，当初的想法真是幼稚可笑。我很后悔，当初用那种轻浮可笑又自以为是的感情伤害了你和苏莞。"提到苏莞，王律的脸上带着愧疚。

夏暖心中满满的，都是感激："她现在很好。有一个学长，很爱她，并且带着她走出了阴影。"

"那真是太好了。"王律说着，却突然停下了脚步。

夏暖走到他的旁边，不远处，是左司辰正在夜风中伫立着。一股暖流涌上了眼眶，天地间仿佛只剩下左司辰清俊的笑容。

"去吧。"王律说。

夏暖匆匆地点头，提起长裙向左司辰飞奔而去，而数米之外的左司辰张开了双臂，正等待着迎接她呢。

直直地冲入左司辰的怀抱，夏暖已经泣不成声："对不起！真的对不起！直到今天，我才发现，你总是在为我等待，总是在为我受煎熬。对不起……"

左司辰深深地拥着她："不要和我说对不起。我说过，从我爱上你的那一天起，我就什么都不计较了。"

在那一瞬间两人都可以听到海浪的声音哗啦啦地经过，咸湿的海风扑面而来。

"真的吗？难道这么多年，你都不曾想要放弃吗？"

左司辰温热的呼吸就在耳边，夏暖感觉到他抱着自己腰的手，他的手心带着几乎要灼伤彼此的热度穿过了不算单薄的衣服直抵心房。

"想过。但是没有用，因为那种心情，除了对你之外，再也没有萌生过。"

最后的最后，左司辰如此说道。

夏暖再也抑制不住揪住这个人的衣襟，泪流满面。

左司辰低下头来，轻柔地为她吻去泪水，最后带着这咸中却带着甜的味道，吻上了夏暖的唇。

那一吻，虔诚无比。

尾　声

六个人都安静地坐在海边礁石上等着日出，清晨的海风吹来有些冷，卷起夏暖的长发缱绻缠绵，但手指冰凉。左司辰扯下外套将她裹在自己的怀中，夏暖察觉后只是抬头冲他一笑，谁都不愿意打破这一刻的宁静。

左司辰的怀抱很温暖，夏暖放松地让自己靠上他的胸膛。非常安稳，又带着不可思议的温柔。

太阳出来了，先是一点点边角，突然就一蹦而出，红彤彤的圆球漂浮在蓝色海面上，映照得海面也彤红。

那一瞬间，三个女孩子都小声地惊呼了出来。

夏暖更是无法诉说心中的感动，那仿佛是一种新生的感觉，带给她全新的希望和力量。

"暖，唱首歌好吗？你唱歌最好听了。"苏莞道。

夏暖想了想，然后点头。

该怎样忍住快要涌出的眼泪

努力扬起微笑着的脸

看着他　走过那道人来人去的门

然后再　安静地转过身

都说爱　流过泪才完整

我却怕　那种隐隐的疼

梦想的　幸福　差一段路

相信我　一定　不输

我答应你从此试着不哭

就像你在身边给我保护

你笑的样子　说的每个字

都是让我　勇敢一点的方式

我们的世界再不会停住

每一天都是全新的礼物

懵懂中开始　默默地坚持

原来我们　已经长大了

一曲歌尽，六个人都相视而笑了。

"这不只是你一个人的生日，更是我们的生日。"左司辰的声音就在耳边，"终于，所有的黑暗都已经过去。未来，生命里还有一大片的空白等着我们去涂上另一道色彩呢。"

夏暖笑着问："司辰，你说我把这些流年写下来好吗？就叫《专属天使在身边》吧。"

"好……这是我们的书，写着我们的青春，也是成长送给我们的珍贵礼物……"

左司辰温柔地回答随风化作久久的缠绵，眷恋于心间。

图书在版编目（CIP）数据

专属天使在身边 / 程琳 著. -- 北京：作家出版社，
2015.6

（星座角都市言情系列）

ISBN 978-7-5063-7912-0

Ⅰ.①专… Ⅱ.①程… Ⅲ.①长篇小说 – 中国 – 当代

Ⅳ.①I247.5

中国版本图书馆CIP数据核字（2015）第068035号

专属天使在身边

作　　者：程　琳
策　　划：张　陵
主　　编：白　烨
责任编辑：李亚梓
装帧设计：薛　怡
出版发行：作家出版社
社　　址：北京农展馆南里10号　　邮　　编：100125
电话传真：86-10-65930756（出版发行部）
　　　　　86-10-65004079（总编室）
　　　　　86-10-65015116（邮购部）
E-mail:zuojia@zuojia.net.cn
http://www.haozuojia.com（作家在线）
印　　刷：三河市紫恒印装有限公司
成品尺寸：133×210
字　　数：140千
印　　张：6.25
版　　次：2015年6月第1版
印　　次：2015年6月第1次印刷
ISBN 978-7-5063-7912-0
定　　价：20.00元